光文社文庫

長編時代小説

お陀仏坂
父子十手捕物日記

鈴木英治

光　文　社

目次

お陀仏坂　父子十手捕物日記

第一章　隠居の霍乱《かくらん》

一

ゆっくりと三段の階段をあがる。

御牧文之介《みまきふみのすけ》は腰を折り、錠前《じょうまえ》をじっと見た。

どこにも異常はない。壊されずに、ものの見事にあけられている。

「たいしたものだな」

離れて見守っている店《たな》の者たちにきこえないよう、文之介はすぐうしろにいる勇七に話しかけた。

「まったくですね。毎度のことながら、感心しますよ」

「これで七軒目だな」

「ええ、そうですね」

勇七がうなずく。

「旦那《だんな》、はやいところひっとらえないと、本当にまずいですよ」

文之介は顔をしかめた。

「そういうこったな。桑木《くわき》さまに尻、ひっぱたかれちまう」

桑木又兵衛《またべえ》。南町奉行所の定町廻《じょうまちまわ》り同心である文之介の上役だ。

「桑木さまより上のお方の立場も悪くなるかもしれませんよ」

「お奉行か。まあ、ほんの半月で七軒もやられちまって、番所の名折れだものな。だが勇七、そうはいっても、捜しだすのは骨が折れるぜ」

実際、ここのところ、この盗賊だけにしぼって探索を続けているが、これといった手がかりはつかめていない。

「旦那、証拠はきっとあっしたちの手でつかめますよ」

勇七が力強くいう。

文之介はため息をついた。

「そうなってほしいのは山々だが、賊の野郎、本当になにも残していかねえからな」

今、府内を騒がしているこの盗賊は、商家の庭に建つ金蔵だけを狙い続けているが、手口が鮮やかなのだ。

押しこみではないから、決して人を害することがない。力ずくで金蔵を破るようなことはなく、どんなに工夫が凝《こ》らされた錠がかかっていても、造作《ぞうさ》なくあけてしまう。

店の奉公人たちは、金蔵が破られていることに朝になるまで気づかないのだ。

賊が何人なのか、それすらもわかっていない。一人なのか、二人組なのか、それとももっといるのか。

「旦那、そんな弱気なこっちゃ困りますよ。旦那は番所一の腕利きですから、証拠なんてあっという間につかめますよ」

文之介は餌《えさ》のにおいを嗅《か》いだ犬のように、顔をさっと振り向けた。

「勇七、今、なんていったんだ」

「証拠なんてあっという間につかめますよ、ですけど」

「その前だよ」

「番所一の腕利き、ですかい」

「なに、よくきこえなかったな。もう一度いってくれ」

勇七が繰り返す。

「番所一の腕利き、ってきこえたんだが、まちがいねえか」

「はい、さっきからそういってますから」

文之介はにんまりと笑った。

「そうか、おめえは俺のことをそんなふうに思っていたのか」

「ええ、そうですよ。前からいっていませんでしたっけ」

「いわれてみれば、きいたことがあるような気がしてきた」

あまりの証拠のなさに気合の入れようがなかった文之介だったが、全身に力がみなぎってきたのを感じた。

「よし勇七、俺たちの手で証拠をつかみ、賊の野郎をふん縛ってやろうぜ」

「ええ、その意気ですよ。旦那が本気になれば、あっという間ですよ」

勇七がそっと下を向く。

「まったく毎回毎回、疲れるんだよ」

うん、と文之介は勇七を見た。

「なんだ、なにかいったか」

「いえ、別に」

「疲れるとかいわなかったか」

「ああ、腕利きってことで旦那もこんなに朝はやくから駆りだされて、疲れているんだろうなあって」

「そうか、ありがとうよ。でも勇七、俺は疲れてなんかいやしねえぞ」

文之介は金蔵にあらためて目をやった。

がっちりとした石づくりである。見たところ、建てられてからさほどたっていないようだ。

文之介は店の者たちを振り返った。庭に低く射《さ》しこんできている朝日をまともに浴びて、まぶしそうにしている。

考えてみれば、もう六月である。この明るすぎる陽射《ひざ》しも納得というものだ。じき蟬《せみ》も鳴きはじめるだろう。

文之介は暑いのが好きだ。なにより薄着でいられるのがいい。わざわざ湯屋に行かずとも、庭の井戸の水をかぶってしまえば汗を流せるのも気に入っている。

はやくもっと暑くならねえかなあ。文之介は空を見あげた。

あまり雨の降らなかった梅雨《つゆ》も明けるのが近いようで、空は夏色になりつつあった。樹木に邪魔されてよく見えないが、南の空にはそろそろ入道雲の気配があるのではないだろうか。

「旦那、なにぼんやりしてるんです」

勇七にいわれ、文之介は我に返った。

「あんまりいい天気なもので、ちょっと見とれちまった」

肩を一つ揺すってから、店の者たちに近づいた。あるじ、と呼びかける。

はい、と頭が真っ白な男が腰をかがめて、前に出てきた。

あるじは仁之助《じんのすけ》といい、ここ南岡屋《みなみおか》を創業した男だ。苦労人らしく、物腰がやわらかい。

南岡屋は酒屋である。江戸の者に好まれるくだり酒は一切扱っておらず、仁之助の生まれである下野《しもつけ》のいくつかの酒蔵と取引があるという。むろん野州《やしゅう》だけでなく、上野《こうずけ》や常陸《ひたち》、下総《しもうさ》の酒も取り扱っている。

甘い酒が多いくだり物に飽き足らない町人も多く、南岡屋はそういう者たちに幅広く支えられ、繁盛していた。

店は本所長岡町《ほんじょながおかちょう》にあり、半町ほど東側を大横川《おおよこかわ》が流れていることもあるのか、ほんのりと水のにおいが漂っている。

「盗まれたのはいくらだ」

文之介はたずねた。

「はい、まだはっきりとはいたしませんが、百五十両ほどだと」

百五十両か、と文之介は思った。これはこれまでで最も多い。

「金はいつもこの蔵にしまっているのか。商家の奥座敷には金蔵がしつらえられているときくが、ここには」

「はい、ございます」

「どうしてそちらにしまわなかった」

「ふだんはそうするのですが、今、改装している最中なのです。だいぶ古くなってまいりましたので」

偶然だろうか、と文之介は思った。同じ思いを抱いたようで、勇七が背後でじりっと土を踏み締めた。

「金蔵の改装を知っている者は」

「はい、かなりいるものと」

「たとえば」

「普請《ふしん》に当たっている大工さん、新しい鍵《かぎ》と錠前が必要になりますから、鍵屋さんなどです。ほかにも出入りの畳屋さんや表具屋さん、庭師なども知っているでしょう。身内や奉公人も同様ですし、口に蓋《ふた》をしているわけではございませんから、知っている者などそれこそ数えきれないでしょう」

「まあ、そうだろうな」

文之介は金蔵に目を当てた。

「置いてあったのは、百五十両だけか」

「いえ、もっとございました」

「それらは」

「おかげさまで無事でした」

「無事だっただと」

はい、と仁之助が金蔵に歩み寄り、重い扉を力をこめてあけた。ぎーと耳障《みみざわ》りな音がしたが、そんなに大きな音ではない。

これなら、家族や奉公人たちが目を覚まさなくても不思議はない。

なかは二重の扉になっているが、内扉に錠前はついていなかった。

内扉があけられると、なかからかびくさいにおいが漂《ただよ》い出てきた。

「どうぞ、お入りになってください」

仁之助に続いて文之介は足を踏み入れた。すぐに目をみはることになった。

「千両箱じゃねえか」

しかも三つもある。千両箱を目にした文之介は、別に悪いことをしているわけではないのに、なぜか胸がどきどきしてきた。

「もともと三つあるんだな。一つも取られていないんだな」

「はい」

「ふーん、こいつらは無事なのか」

「まこと、不幸中の幸いでございました」

仁之助の顔には、ほっとしたものが刻まれている。

文之介はうしろに控えている勇七を見た。

「持っていかなかったのはどうしてかな」

「重いからじゃないですか」

文之介は千両箱に近づいた。

長さは十五寸くらい、幅が八寸ほど、高さは四寸ばかり。

「びっしりと包み金がつまっているのか」

文之介は仁之助に確かめた。

「はい、きっちり四十個入っています」

「持ってみてもいいか」

「はい、もちろんでございます」

文之介は姿勢を低くし、千両箱に手をまわした。力をこめると、千両箱がぐっと浮いた。

重みをじっくりと確かめてから、もとの場所に置く。

「重いといえば重いな。あるじ、千両箱ってどのくらいの重さがあるんだ」

「箱だけで、だいたい一貫以上といわれています。それに中身が加わりますと、五貫ほどになるのではないでしょうか」

持った感じもそんなものだった。これを担ぐことはできるだろうが、走れといわれたらまずできまい。

「ということは、賊は一人なのかな」

文之介は金蔵の外に出て、勇七に語りかけた。

「でしょうねえ」

勇七が同意する。

「これまで入られたところに、千両箱はありませんでした。これだけのお宝を目の前にして持っていかなかったというのは、持っていけなかった、と考えるほうが自然なんじゃないですかね」

「そうだな。持っていけなかったのは、非力《ひりき》だから、という考え方もあるな」

「体が小さいと」

「だから身ごなしも軽い、というのもあるんじゃねえかな」

なるほど、と勇七がうなずく。

「それか、憐《あわ》れみをかけたのかもな」

「憐れみですかい。つまり旦那は、百五十両もあれば十分、と賊が考えたと思っているんですかい」

「なかにはそんな盗賊がいたって、おかしくねえだろ」

「まあ、そうかもしれませんねえ」

文之介は顎《あご》をなでた。朝はやくから呼びだされ、ひげを当たっていない。

「勇七、この店を合わせて、これまでいくらくらい取られたんだ」

勇七がすばやく計算する。

「六百四十両近くになったはずですよ」

「けっこう稼ぎやがったなあ」

半月でそれだけだ。ふつうに働いて得られる額ではない。

つかいまくっているのだろうか、と文之介は思った。そのほうがありがたい。

だが、今のところ、そんなに派手な暮らしぶりの者は見つかっていない。

あるじ、と文之介は呼びかけた。

「はい」

仁之助がかしこまる。

「おめえさん、ここ半月ばかり盗賊が荒らしまわっていたこと、知らなかったのか」

「読売《よみうり》などで存じておりました」

「じゃあ、庭の金蔵が狙われていたことも知っていたよな。知っていて、これだけの大金を金蔵にしまいこんでいたのか」

「はい、先ほども申しましたように座敷蔵がつかえませんし、まさか自分の店が狙われるなど、思いも寄りませんでした」

まあ、そんなものなんだろうな、と文之介は思った。

南岡屋をあとにした文之介と勇七は、奥座敷の金蔵の改装を知っている者を徹底して当たってみた。

だが、一人として不審さを覚えさせる者は浮かびあがってこなかった。

その後はこれまでと同じように鍵屋などをあたり、職人で急に金まわりがよくなった者がいないか、調べてまわった。

こちらも、そのような者はまったくいなかった。

「旦那、盗みに入られた七軒に相通ずるものって、ないんですかね」

少しでも力になりたいらしく、勇七がいった。

「南岡屋は酒屋で、あるじの仁之助は野州の出だな。三日前に入られたのは呉服屋だったな。あるじは上方《かみがた》の出。その前が油問屋で、あるじは三河《みかわ》だったな」

文之介は残りの四軒もすらすらとあげていったが、七軒に共通するものがあるとは思えなかった。

「せっかく勇七が思いついたんだ、そのあたりを頭に入れて、もう一度調べてみるか」

夏の入口のことで、長い日もようやく西の空に落ちかけて、夕闇《ゆうやみ》が迫ってきていたが、文之介と勇七は疲れた顔を見せることなく、江戸の町を歩きまわった。

だが、結局はなにもつかむことはできなかった。

二

南町奉行所に戻った頃には、日が暮れていた。

「勇七、すっかり暗くなっちまったなあ」

「旦那、おなかが空《す》いたでしょう」

「ああ、さっきからぐーぐーうるさくてならねえや」

「はやく帰ったほうがいいですよ。お春《はる》ちゃん、来ているんじゃないですか」

三増屋《みますや》という、味噌と醤油《しょうゆ》を扱っている大店《おおだな》の娘だ。文之介は幼い頃からずっと想《おも》っている。

「だったらうれしいんだけどな」

文之介は表門を入ったところで勇七とわかれた。

勇七は奉行所内の中間《ちゅうげん》長屋に家族と住んでいる。闇に溶けてゆく勇七をしばらく見送ってから、文之介は表門内にある同心詰所に入ろうとした。

「おい、文之介」

背後から呼びとめられた。

振り返ると、与力《よりき》の桑木又兵衛が近づいてくるところだった。

「ああ、これは桑木さま」

文之介はていねいに辞儀した。

「そんなにかしこまらんでもいい」

又兵衛が鷹揚《おうよう》にいう。

「どうだった、今日は。南岡屋には行ったのであろう」

「はい。これから日誌にしたためるつもりです」

文之介は、南岡屋のことと今日一日の動きをできるだけつまびらかに語った。

「そうか。相変わらず手がかりはなしか」

又兵衛が踏みだし、肩を叩《たた》いた。

「文之介、明日がんばれ。がんばっていれば、必ず道はひらけるものよ。丈右衛門《たけえもん》とくらべられるのはいやだろうが、あいつもつまったときは常にそうしていたものだ」

「父が事件につまることがあったのですか」

「そりゃあったさ。あいつだって神ではない。あいつがほかの者とちがったのは、どんな事件を前にしても決してあきらめなかったところだな。犯人や殺されたり傷つけられたりした者たちの立場に立って、物事をさまざまな方角から考えていた」

又兵衛が見つめてきた。

「あいつのひらめきが事件を解決に導いたようにいわれているが、ひらめきというのではなく、あいつが必死に考え続けて最後に残ったものがそう呼ばれているのでは、とわしは思っている」

考え続けることか、と文之介は思った。それだったら、俺のつたない頭でもできないことはないだろう。

「ところで文之介、わしがやってきたのはほかでもない。明日のために英気を養わんか。飲みに行こう」

ふつうならうれしい誘いだが、又兵衛の場合は少し事情が異なる。

「申しわけありませんが」

文之介は腰をかがめた。

「それがし、先立つ物がございません」

「本当か」

又兵衛が疑り深い顔をする。

「財布を見せてみろ」

文之介は懐に手を入れ、しぶしぶ取りだした。

又兵衛がさっと取りあげ、中身を見た。

「本当に入ってねえな。びたばかりじゃねえか。どうしてこんなにねえんだ」

「ないわけではないのですが、あるとあるだけつかってしまうもので、あまり持ち歩かぬようにしているのです」

「おまえ、けちくせえことするなあ」

下《した》っ端《ぱ》の同心にたかろうとする上役にけちくさいなどといわれたくなかったが、文之介は黙っていた。

又兵衛の吝嗇《りんしょく》には、理由があるようなのだ。なにか夢があり、その夢に向けて金を貯めこんでいるらしい。

その夢がなんなのか、文之介は何度かきいたことがあるが、又兵衛は決して話そうとしない。金がかかるものであるのは確かなのだろう。

「しようがねえな。金がねえんなら、今日のところはあきらめるか」

又兵衛が文之介の肩に手を置いた。

「文之介も煮売り酒屋なんかに繰りださず、とっとと屋敷に帰って体を休めろよ。明日は非番じゃねえんだから」

「はあ、承知しました」

じゃあな、と又兵衛が手をあげ、離れてゆく。門のところで待っていた小者《こもの》がそっと寄り添い、又兵衛のために提灯《ちょうちん》を掲げる。

提灯が遠ざかってゆくのを見送って、文之介は詰所に入ろうとした。

入口に人がいるのに気づく。

「相変わらずだらしねえな」

先輩同心である鹿戸吾市《しかとごいち》だ。

「上役に誘われたら、いつでも行けるように金は用意しておくものだ。それに、金がなくちゃあ、岡っ引や下っ引が探索するときに小遣いをやれねえだろう」

吾市が顔を突きだしてくる。

「やつらが賊どもを探索するときに、金が必要になるのを知らねえわけじゃあるめえ」

文之介は岡っ引、下っ引の類《たぐい》はつかっていないが、そのことは黙っていた。いえば、つかいこなせる自信がねえんだろう、くらいいわれかねない。

「そういやあ、おめえ、その手の連中をつかってないんだったな。どうしてだ」

文之介には、岡っ引や下っ引という裏の連中を信用しきれない、という気持ちがある。なかにはお上のために役立ちたいと心から思っている者もいるのだろうが、どうしても、うしろ暗い連中、との思いが消えないのだ。

「おめえのことだから、小遣いやるのが惜しいんじゃねえのか」

文之介は苦笑を浮かべた。そう思ってくれるんだったら、そのほうがいい。

「明日も仕事だな。まあ、しっかりやれや」

吾市が肩を叩く。少し痛いくらいだったが、文之介は平気な顔をしていた。

「じゃあな」

吾市が歩き去ってゆく。中間の砂吉《すなきち》が門のところで待っている。ご苦労さまでした、と吾市に提灯を渡す。

おう、とうなずいて暗い道に踏みだした吾市を、砂吉は灯《ひ》が見えなくなるまで見送っていた。

あれじゃあ気疲れするだろうな、と文之介は同情した。

砂吉も勇七と同じく奉行所内の中間長屋に住んでいるが、吾市が八丁《はっちょう》堀《ぼり》の組屋敷に帰るのを待って、いつもああして提灯を用意しているのだ。

それでも、八丁堀まで送らせていない分、まだましかもしれない。

砂吉が文之介に気づき、頭を下げる。文之介は会釈《えしゃく》を返してから、同心詰所に入った。

今日一日の報告書をしたため、まだ残っている数名の同僚に挨拶《あいさつ》して、奉行所をあとにした。

数寄屋橋御門《すきやばしごもん》を渡り、堀沿いに北へ向かって歩いた。立ちはだかる闇の壁を、手に持つ提灯が切り崩してゆく。

居間には丈右衛門がいた。棋譜を手に詰将棋をしている。

「おう、お帰り」

文之介は父の前に正座した。

「ただいま戻りました」

「おそかったな」

「はあ」

「なんだ、なにかあったのか」

「いえ、別になにも」

又兵衛と吾市に足どめを食ったことなど、告げる必要はない。

「お春はもう帰っちまったぞ」

そうなのか、と文之介は残念だった。

「夕餉《ゆうげ》の支度をしてくれた。おまえを待っているようにも見えたが、あまりおそくなってもまずいからな、わしが送っていった」

待っていてくれた、というのはうれしく、文之介の胸にあたたかなものが宿った。

「そうでしたか」

丈右衛門が送ってくれたのなら、無事三増屋に戻ったのはまちがいない。そのことにもほっとする。

「よし、飯にするか」

丈右衛門が駒をさらって袋にしまい、将棋盤を片づけた。

「あれ、まだでしたか」

「ちょっとこいつに夢中になりすぎた」

文之介は丈右衛門と向かい合い、台所の隣の間で食事をした。

「それで調子はどうなんだ」

丈右衛門が豆腐に醬油をかけてきく。

「調子といわれますと」

「決まっているだろう。仕事さ」

「父上、夕餉をとらずにいらしたのはこのことをおききになりたかったからですか」

「まあな」

丈右衛門が豆腐とともに飯を口に入れ、咀嚼《そしやく》する。

「今、扱っているのは府内を騒がしている盗賊だよな。今朝はやく出かけたのは、また入られた商家があったからだろう」

はい、と文之介は答えた。

「実をいうとな、わしがおまえを待っていたのは、話したいことがあるからだ」

文之介はわかめの味噌汁を飲むのをやめ、椀《わん》を箱膳《はこぜん》に置いた。

「似ている者がいるんだ。いや、いたんだ、というほうがいいか」

「似ている者ですか。手口が、ということですか」

「そうだ。向こうがしの喜太夫《きだゆう》という盗賊だ」

「向こうがしの喜太夫……」

はじめてきく名だ。

「何者です」

丈右衛門が語ったところによれば、名のいわれは、捕り手が来るのをいちはやく察し、いつの間にか対岸に逃げ去っているような身ごなしから、ということのようだ。

「とにかく、しなやかな動きをする者らしい」

丈右衛門がうなるようにいう。

「らしい、といわれますと、父上はじかに姿をご覧になっていないのですか」

「ちょうど十年前、一度は喜太夫の隠れ家を取り囲んだのだが、しくじった」

文之介は驚いた。丈右衛門にそんなことがあるなど、思いも寄らなかった。丈右衛門が取り囲んだという以上、完璧《かんぺき》な網を敷いたにちがいないのに。

「どうしてしくじりを」

丈右衛門がにやりと笑う。

「そいつは秘密だ」

丈右衛門がこういうのなら、本当に口にする気はないのだ。ききたくてならないが、文之介はあきらめるしかない。

「その後、喜太夫はどうしたのです」

「一度もあらわれておらぬ」

文之介は飯を口に放りこんだ。たくあんをぼりぼりやる。

「こたびの一連の仕業《しわざ》、喜太夫ということは考えられませんか」

「どうだかな。わしにはわからん。今は似ているとしかいえん」

向こうがしの喜太夫だとしたら、どうしてまたあらわれたのか。この十年の空白はなんなのか。

いや、それとも喜太夫などではなく、やはり別の者なのか。手口が似ているにすぎないのか。

「桑木さまはなにか申しているか」

「いえ、なにも」

丈右衛門は顔をしかめた。

「らしくないな。吾市は」

「いえ、なにも」

そうか、と丈右衛門はいった。

「二人ともなにもいっておらぬということは、こたびの賊に喜太夫は似通っていないと考えているからかな」

独り言のようにつぶやいた。

それとも、と文之介は考えた。二人とも向こうがしの喜太夫を忘れてしまっているかだろう。

「仮に喜太夫があらわれたとして、文之介、手強《てごわ》いことは手強いぞ」

それはそうだろう。なんらかの事情があるのはまちがいないだろうが、丈右衛門が敷いた包囲の網を逃げきった賊だ。自分の手に余るかもしれない。

いや、そんなことはない。きっと俺と勇七でつかまえてやる。なんといっても、俺は番所一の腕利きなんだからな。

夕餉を食べ終え、茶を喫《きっ》していた丈右衛門が不意に大きなくしゃみをした。

「ああ、すまん」

「いえ」

文之介は、父が少し熱っぽい顔をしているのに気づいた。気のせいだろうか。いや、ちがう。

風邪か。しかし丈右衛門が風邪を引くなど珍しい。

いや、と文之介は父親の顔を見直した。風邪というより、上気《じょうき》しているのではないのか。それがまだ冷めきっていないように見える。

文之介はふと思いついた。

「父上、今日はなにをされていたのです」

丈右衛門が湯飲みを置く。

「なんだ、急に」

「答えられませんか」

「そんなことはないが」

丈右衛門は苦笑を頬《ほお》に浮かべた。

「ちょっと何軒か、知り合いの家をまわっていた」

「なんのために」

「それはいずれ話そう」

「お一人でまわられていたのですか」

「いや」

「お春と」

「いや」

文之介は、やはりな、と思った。

「お知佳《ちか》さんですね」

「まあ、そうだ」

父はお知佳と一緒に知り合いの家をまわっていた。なんのためなのか。

きいたところで、これも丈右衛門は話さないだろう。

文之介は夕餉を終えることに専念した。

三

しゅっと音がして、鰹節《かつおぶし》をすったように薄い膜となって木が舞いあがる。それを、風がさらってゆく。

雅吉《まさきち》はひたすら鉋《かんな》をつかった。

このほうが集中できて、ありがたかった。ほかのことをとりあえず忘れていられる。

「棟梁《とうりょう》」

横から呼びかけられた。雅吉は鉋をとめ、目を向けた。

「ああ、やっと気づいてくれた」

父の代からずっと雅吉の家で働いている多摩造《たまぞう》だ。しわ深い顔を、さらにしわ深くして柔和に笑っている。

「あんまり仕事に熱中しすぎて、何度呼んでも気づいてもらえなかったんで」

「ああ、そうだったのか。すまなかった。なんだい、多摩さん」

「お店の方がお茶を持ってきてくれたんで、一休みしたらどうか、と思って」

「ああ、そうか」

雅吉は鉋を台の上に置き、多摩造に近づいた。そばにもう一人、子飼いの大工といっていい泰吉《たいきち》がいる。

多摩造と同じくらいの歳《とし》だ。二人とも、雅吉が頼りにしている腕の持ち主だ。

茶を持ってきてくれたのは、ここ才田《さいた》屋の奉公人だ。今、雅吉たちはあるじのための隠居所を庭に建てているのだ。

才田屋に女の奉公人はなく、茶菓を持ってきてくれたのも若い男だ。

雅吉は、庭にしつらえられた長い腰かけに尻を預けた。二人も少し離れて腰をおろす。

さすがに大店の庭だけに、植えられている草木は風情《ふぜい》があり、計算して配置されているらしい庭石はいかにも高価そうだ。右手にある池には、大きな鯉《こい》がたくさん泳いでいる。

真っ青な空に浮かぶ太陽は傾いてきつつあるが、勢いを減ずることなく強烈な陽射しを放っている。だがこの庭では、吹き渡る風は樹木や池の水で冷やされるのか、涼やかだ。

雅吉は汗が引いてゆくのを感じた。腹は減っていなかったが、多摩造が勧める饅頭《まんじゅう》に手をのばした。

あまり甘みはないが、やはり空腹だったようで、饅頭は美味だった。

「うまいね」

「でしょう」

多摩造がうれしそうな顔になる。横で泰吉も饅頭をほおばり、目を細めて茶を飲んでいる。大工の格好をしていなかったら、どこぞの隠居が縁側でひなたぼっこをしているのと変わりはない。

「ところで棟梁はいくつなんでしたっけ」

多摩造がきいてきた。

「なんだい、いきなり。多摩さん、知っているんじゃないのかい」

「そのはずなんですけどね、ど忘れしちまったみたいなんですよ」

雅吉は笑った。

「二十四だよ」

「ああ、さいでしたね。親父《おやじ》さんに似て、いい腕をしてなさる」

「そういってもらえるのはうれしいけれど、親父にはまだまだ追いつけないよ」

「謙遜《けんそん》なさることもないですよ。親父さんが亡くなってもう二年ですか。はやいものですねえ」

「まったくだね」

雅吉は相づちを打った。泰吉も湯飲みを持つ手をとめ、うなずいている。

雅吉は父親の跡を継いだ。幸いなことに、この古株といえる二人の職人からは腕を認められ、敬愛されていた。

「ところで棟梁、ききたいことがあるんですけど」

「なんだい」

「最近、ちょっと暗いように見受けられるんですけど、なにかあったんですかい」

雅吉はどきりとした。

ふだんは無口の泰吉も気づかう顔をしている。

「いや、なんでもないよ」

「さいですかい」

多摩造はいいながら首をひねっている。

雅吉は茶を飲みほし、腰かけから立ちあがった。鉋を手にする。

まだ建物はほとんどできていない。隠居所といっても、離れのようなものではない。三部屋もある、大きな建物だ。

才田屋は父親の代から雅吉の家を贔屓《ひいき》にしてくれており、雅吉としても力が入らないわけがなかった。

だが、今は腹のあたりに重いしこりのような思いが居座っていて、どうにも仕事に集中しきれない。

さっきは鉋のおかげでうまくいっていたが、もううつつに引き戻されてしまった。また あれだけの集中を取り戻せるものか。

やはり集中しきれなかった。茶を飲んでからは、ときがたつのが実におそかった。

それでも、夏のはじめの太陽はようやく舞台からおりてくれ、あたりは薄暗くなってきた。明日も天気がいいのを告げる夕焼けが、江戸の町を照らしだす。

雅吉たちのいる庭にも陽射しは入りこんできて、樹木や石の群れ、池の水面《みなも》を鮮やかに染めた。その光に驚いたわけではないだろうが、鯉がはね躍る。

「棟梁、今日はもうしまいにしますか」

多摩造がいう。

「そうだね。終わりにしよう。二人とも、腹が空いただろう」

手ばやくあと片づけをし、三人は普請場を離れた。

「どうします、棟梁。まっすぐ家に帰りますかい」

舌なめずりして、多摩造がきいてきた。

「暑いから、一杯引っかけていこうよ」

「その言葉を待ってましたよ」

多摩造の横にいる泰吉もうれしそうだ。二人とも職人らしく、酒に目がない。

三人は深川元町《ふかがわもとまち》にある煮売り酒屋の鐘松《かねまつ》にやってきた。

大勢の大工が住む町として知られている深川海辺大工町《ふかがわうみべだいくちよう》が近いこともあり、大工仲間がよく集まる店だ。

雅吉の家も海辺大工町にある。海辺大工町といっても、飛び地のように町はいくつかにわかれている。雅吉の家は、正しくは海辺大工町代地《だいち》にあった。

とうに仕事を切りあげてやってきた大工たちが、かたまって座敷で飲んでいる。

「おう、雅吉、おせえぞ」

そんな声がかかり、雅吉たちは輪に入りこんだ。

一刻《いっとき》ほど飲み、その後、鐘松を出た大工たちは家に帰る者や悪所に行く者にわかれた。

「雅吉、一緒に行かねえか」

悪所に行く若い仲間に誘われた。

「いや、俺はいい」

「なんだよ、一人でどこに行こうってんだ」

「ちょっとね」

「これのところか」

一人が小指を立てる。

「いや、そんなんじゃない」

じゃあ、といって雅吉は誰とも群れることなく、闇に包まれた道を歩いた。

提灯を手にしているものの、その明かりは実に心許《こころもと》ない。道の両側まで届かず、暗さが四方から迫ってくるかのようだ。

雅吉は、奈落《ならく》へと続く道を歩いているような気分になった。先の見えない暗黒の坂がずっと続いているかのようだ。

このままじゃ、いずれお陀仏《だぶつ》になっちまう。引き返さなきゃ。さっきからずっと心のなかでいい続けている。

雅吉はわかっているのだ。わかっているのだが、どうにもならない。金を取り戻さなければ。その思いだけで今は賭場《とば》に通っている。

そう、好きでやっているわけではないんだ、と自分にいいきかせた。これまでの負け分を取り返せさえすれば、俺は博打《ばくち》から手を引けるんだ。

今日も駄目だった。

懐《ふところ》に忍ばせてきた三両は、ほんの半刻ばかりで溶けてしまった。しかも、その上に借金が増えてしまった。

これでもう二十両だ。それに利がつくから、放っておいたら、いったいどれだけの額になってしまうのか。

雅吉は暗澹《あんたん》たる思いに包まれつつ、帰りの道を歩き進んだ。

足が重い。引きずるように歩いている。提灯の明かりが今にも消えそうに感じられ、闇はさらに深く思えた。

このままでは破滅だ。それはわかっている。だが、どうすればいい。

どうすることもできない。雅吉は、もうあと戻りができない道を歩んでいるのを知った。

やはり奈落への道だった。

四

朝から雨が降りそうで降らずにいる。

重く垂れこめ、空を覆い尽くしている雲からはいつ雨粒が落ちてきても不思議はないが、雲は沈黙を保ったまま、じき昼になろうとしていた。

「勇七、腹、空かねえか」

「空いてますけど、昼飯を食べるような気分じゃないですね」

「どうして。具合でも悪いのか」

「いえ、あっしは見ての通り、ぴんぴんしてますよ」

「そうだよな。顔色はつやつやしてるし。まったくうらやましい血色のよさだぜ」

うしろで勇七が苦笑いを浮かべる。

「旦那に血色をほめられるんですかい」

「俺もいいとは思うが、おめえには負けるよ」

文之介は勇七にただした。

「どうして、昼を食べるような気分じゃねえんだ」

「だって、なんの手がかりも得られないんですよ」

「それか。まあ、仕方ねえんじゃねえのか」

「仕方ないって、あっしらの働きがまだ足りないんじゃないんですかね」

文之介は足をとめた。

「そんなことはねえよ。俺たちは一所懸命、働いてるさ。これだけ腹が減ってる、それが証《あかし》じゃねえか」

「でも、やはりあっしとしてはなにも手がかりをつかめないまま、昼にするっていうのは気乗りしないですねえ」

「なら、手がかりを得られるまで、このまま働くっていうのか」

「そういうことです」

「でもよ、このまま食べずにいてだ、本当になにもつかめないとなったら、腹が空きすぎてぶっ倒れるかもしれねえぞ。そんなことになったら、お役に立てねえどころか、迷惑をかけるってことじゃねえか。ここは強情張ってねえで、さっさと飯にしようぜ」

「迷惑をかけるですか。確かに旦那のいう通りですねえ」

「な、そうだろ」

「ところで、どこで昼飯にするか、決めているんですかい」

「ああ、例のうどん屋に行こう」

文之介はさっさと歩きだした。

勇七はあとに続いたが、ぼやいた。

「相変わらず、人を丸めこむのは上手ですねえ」

「丸めこむなんて失礼なことをいうな。説得する力があるといえ」

文之介たちがやってきたのは、名もないうどん屋だった。店は深川久永町《ふかがわひさながちょう》にある。

「ごめんよ」

暖簾《のれん》を払って、戸をあける。

「いらっしゃいませ」

途端に元気のいい声が浴びせられる。貫太郎《かんたろう》だ。

「ああ、文之介の兄ちゃん、勇七の兄ちゃん、いらっしゃい」

「おう、貫太郎も元気そうだな」

「毎日、ここのうどん食べてるからね」

「このうどんが元気の素《もと》か。安あがりでいいな」

こちらにどうぞ、と貫太郎が座敷の隅のほうに案内してくれた。

「このあたりなら、なにかあってもすぐに出られるでしょ」

「そうだな。今までそんなこと、考えずに座っていたよ。一ついいことを覚えた。ありがとよ、貫太郎」

「相変わらずだね、文之介の兄ちゃん。そこがお役人らしくなくて、いいところなんだけどさ」

「俺って役人らしくねえか」

「黒羽織を着ているから見えないことはないけれど、中身はお役人って感じは全然しないよ。いっとくけど、おいらはほめてるつもりだよ」

「ふーん、そうか。貫太郎がそういうんなら、うれしがっておくか」

「ご注文はなにになさいますか」

一転、貫太郎がかしこまってきく。

「いつものだな。冷たいやつを二つくれ」

「ありがとうございます」

貫太郎が厨房《ちゅうぼう》に注文を通しに行く。

代わって、貫太郎の妹のおえんが盆にのせた茶を持ってやってきた。

「おう、おえんも元気そうだな」

「はい、ありがとうございます」

おえんが明るい笑顔で答える。その笑顔を、勇七もにこにこして見つめている。

「おえんもここのうどんが元気の素か」

「こんなにおいしいうどん、よそでは食べられませんから。でも私の場合、皆さんが喜んで食べているお顔ですね。うれしくて、その日一日ずっと元気でいられるんです」

「なんていい言葉だ。おえんらしいなあ」

おえんが頰を染める。

「おえん、母ちゃんの具合はどうだ」

文之介は首をのばして、厨房を見た。貫太郎たちの母親であるおたきは、一所懸命洗い物をしている。

ふと顔をあげる。文之介と目が合った。笑みとともに頭を下げる。

文之介は笑顔でうなずきを返し、おえんに目を移した。

「おっかさん、もうすっかりよくなって。寿庵《じゅあん》先生も、もう薬も必要ないっておっしゃってくれてます。これも文之介さん、勇七さんのおかげです」

「なに、俺たちはなにもしちゃいねえよ。なあ、勇七」

「ええ、その通りです。おえんちゃんたちに、こうしようっていう強い意志があったからだと思うよ」

「そんなことはありません。私たち、お二人には心から感謝しています。では、ごゆっくり」

おえんは、新たに入ってきた四人組の客に茶を持ってゆくために立ちあがった。

「おえんて十一だよな」

文之介は勇七にきいた。

「ええ、そうです。貫ちゃんより二つ下ですよ」

「ずいぶんと器量よしだな」

「あっしもそう思いますよ。ここで働きはじめてから、さらにきれいになったような気がします」

文之介は声を低めた。

「好きな男がいるってことも考えられるな」

「考えられないではないですねえ」

「どんな男なんだろう」

「さあ。意外に旦那ってことも考えられますよ」

文之介は含んだばかりの茶を噴きだしそうになった。

「馬鹿をいうな。まだ子供じゃねえか。俺といくつちがうか知ってんのか」

「そりゃ知ってますよ。旦那はあっしと同い年ですから。でも、あと五年くらいしたら、わかりませんよ」

文之介は頭で計算した。あと五年。俺が二十八でおえんが十六。

「なんとなくつり合いは取れるな」

「でしょう。そのくらいの夫婦だったら、ざらにいますよ」

「でも、俺にはお春がいるからなあ」

文之介はにやけた。

「おえんはとてもかわいいが、俺は気持ちを移さねえぞ」

「旦那、そんな心配はいらないですよ。おえんちゃんの好きな男が旦那と決まったわけではないですから」

「まあ、そういうこったな」

貫太郎がうどんを運んできた。

「お待ちどおさま」

「おう、本当に待ってたぜ」

「ごめん、待たせちゃって」

「いや、冗談だ。これだけうまいうどんだ、待つのも楽しみってもんさ」

刻みねぎに大根おろし、鰹節がのったうどんが二人の前に置かれる。

「ごゆっくりどうぞ」

ありがとよ、と返して文之介はぶっかけだしをかけ、さっそくずるずるとやりはじめた。勇七も負けじと続く。

「本当にうめえな、ここのうどんは」

「まったくですねえ」

勇七はしゃべる間も惜しいといわんばかりにうどんをすすりあげている。

「勇七、もう一杯もらうか」

勇七が驚きの目を向ける。

「旦那、もう食べちまったんですかい」

「いくら俺が早食いでも、さすがに無理だ。でもよ、勇七、夏になってこのうどん、一段とうまくなった気がしねえか」

「あっしもそう思っていました」

文之介たちは食べきる前におかわりを注文した。

こちらは一杯目のうどんが終わる頃にやってきた。

「ちょうどいいな」

文之介はうどんを持ってきたおえんにほほえみかけた。

「旦那さま、よく見てらっしゃるから」

そういうことか、と文之介は思った。

「そういう気配り、目配りはとても大切だな」

「はい、私も見習いたいです」

おえんは微笑を浮かべて去っていった。

文之介と勇七は、二杯目のうどんもたいらげた。

「ああ、うまかったあ」

文之介は茶を喫した。勇七も湯飲みを口に持ってゆく。

「いい召しあがりっぷりでしたね」

厨房から親父が声をかけてくる。

「さすがにお二人とも若いだけのことはありますねえ」

文之介は座敷を見渡した。だいぶ空き、客がまばらになってきている。

これならいいかな。文之介は湯飲みを手に立ちあがり、親父のそばに行った。勇七が意図を解し、ついてくる。

「親父、ききてえことがあるんだが」

「なんです」

文之介は、今世間を騒がしている凄腕《すごうで》の盗賊について、なにか知っていることがあるかきいた。

親父はむずかしい顔をした。

「あっしにきかれるなんて、往生しているんですねえ」

「まあな」

「あっしに心当たりはないですね。これは闇のなかで生きている者たちを守りたい、なんて思いからじゃないですよ」

「わかってる。――親父、向こうがしの喜太夫、という賊を知っているか」

親父は、おっ、という顔をした。

「向こうがしの喜太夫がまたあらわれた、と考えていらっしゃるんですかい」

「そういうわけじゃねえ。昨夜、父上からきいたんだ。手口が似ているらしいな。それで向こうがしの喜太夫について知っていることがあればきかせてもらいてえんだ」

「名だけですねえ。鮮やかな手口の盗賊だったのは存じてますけど」

「正体は知らねえんだな」

「ええ。十年ほど前にふっつりと姿を消した覚えがありますけれど、今どうしているんでしょうねえ」

きけるのはここまでのようだ。文之介は勇七をうながし、うどん屋の暖簾を外に払った。

また来てね、と貫太郎がいう。おえんも、お待ちしています、と頭を下げた。

ああ、またな。文之介と勇七は、気持ちよく路地に足を踏みだした。

盗賊の探索に戻る。

しかしなにもつかめないまま、またも夕暮れが迫ってきた。

いつ晴れたのか、鮮やかな夕日が西の空にあり、行きかう人たちの顔は恥ずかしがっているように赤い。照り返しで、秋や冬の頃なら真っ先に暗くなるはずの細い路地の奥も、今は明るく見える。

これから夏がはじまる感じが強くして、文之介は心弾むものを覚えた。

「さあて、勇七。今日もなにも手がかりはなかったな。仕方がねえ、引きあげるか」

「そうですね。これ以上動いても、なにもつかめない気がします」

「なんだ、勇七にしちゃずいぶん弱気じゃねえか」

「弱気っていうこともないんですけれど、さすがになにも得られないっていうのは、こたえますね」

「案ずるな、勇七」

文之介は声を励ました。

「賊をとらえるのは、俺たちだよ。勇七もいったじゃねえか。一所懸命働いていれば、天上のお人は必ず見てくださっているからきっとご褒美《ほうび》がありますって」

「そんなこといいましたっけ」

「ああ、前にな」

「でも旦那、その通りですよ。今日はゆっくり休んで、明日もっとがんばりましょう」

勇七に元気が出てきたことが、文之介はうれしかった。

南町奉行所に戻ろうと、方向を西に転じる。

しばらく歩いていると、どすどすと重い足音がきこえた。

なにげなく目を向けた文之介はぎょっとした。

「文之介さま」

お克《かつ》が駆けてくるところだった。

「おう、お克」

文之介は手をあげた。お克は文之介に当たりそうになったが、ぎりぎりのところでとまった。牛が突進してきたかのように、もうもうと土煙があがる。

文之介は顔をしかめたかったが我慢し、目に入りそうな土埃《つちぼこり》を手で払った。

お克は、日本橋《にほんばし》の呉服店の大店青山《あおやま》の一人娘だ。一度はやせてとてもきれいになったが、今はすっかりもとに戻ってしまっている。

やせていた頃の面影など、もはやどこにもない。化粧はどぎつく、ほお紅は夕焼けのせいでなく、真っ赤だ。どんな紅をつかっているのか、唇も橙《だいだい》がかっている。

どうしてもとに戻っちまったんだ、とお克が男なら首根っこをつかんで揺すりたいところだが、文之介としては黙っているしかない。

お克のうしろに隠れるようにして、供の帯吉《おびきち》が立っている。文之介に挨拶してきた。

文之介は返した。

横を見ると、勇七が顔を輝かせてお克を見ている。目がとろんとしていた。

とてもではないが、ゆるみきった表情はこの渋い男とは思えない。頰が今にも溶け落ちそうになっている。

お克が文之介をまっすぐ見つめてきた。

「まだお仕事の最中ですか」

「いや、ちょうど番所に帰るところだ。お克は」

別にききたくもなかったが、文之介はたずねた。

「やだ、文之介さまったら、やっぱり私のこと、気になるんですね」

腕を叩く。お克は軽く叩いたつもりなのだろうが、さすがに剛力だ。

文之介は腕がじーんとしびれた。

「いや、そういうわけじゃないが」

文之介の言葉は、お克の耳には届いていないようだ。

「私、お茶の帰りなんです。今度、お点前《てまえ》を披露したいですわ」

「そうか……」

勇七のうらやましそうな顔が目に入ったが、文之介としては適当に言葉を濁《にご》すしかない。

「じゃあ、お克、これでな」

「はい、文之介さま。またお会いできるのを楽しみに待っています」

文之介としては、腕がまだしびれていることもあり、軽く手をあげるしかなかった。

五

どこか熱っぽく、節々が痛い。

風邪を引いたか、と丈右衛門は思った。こんな感じは久しぶりだ。風邪など、最後に引いたのがいつなのか、その覚えすらない。

「どうかされましたか」

藤蔵《ふじぞう》がきいてくる。藤蔵は三増屋のあるじで、お春の父親だ。

丈右衛門は、将棋盤を見つめた。駒がうるんだように見えている。

「いや、なんでもない」

藤蔵がじっと見ている。

「どことなく集中されていないように見受けられるのですが」

「気のせいさ」

「さようですか」

「ああ、遠慮などいらん。手加減抜きでやってくれ」

「承知いたしました」

藤蔵とはいつものように三度、勝負した。

藤蔵は最初の二回は勝ちに来たが、賭《か》け金をあげた最後の勝負では、いつものごとく巧妙に勝たせようとしてくれたが、丈右衛門のほうがまるで駄目だった。頭がまったく働かないのだ。

結局、二分を藤蔵に支払う羽目になった。

「よろしいのですか」

藤蔵は受け取りにくそうな顔だ。

「むろんだ。負けたのはわしだからな。堂々と受け取ってくれ」

「では、いただいておきます」

頭を下げて、藤蔵が懐に大事そうに入れる。

丈右衛門は財布をしまった。不意に部屋が揺れたような気がした。

なんだ、と見渡そうとしたときには畳に横になっていた。びっくり、というのではなく、あれ、どうしたんだ、という感じだった。

「いかがなされましたっ」

藤蔵が悲鳴のような声をあげる。

「誰か来てくれ。医者だ。はやく医者を呼んできなさい」

真っ先に飛んできたのは、お春だった。

「おとっつあん、どうしたんです」

「いきなりお倒れになったんだ」

お春が丈右衛門のそばに座りこむ。

「おじさま」

「お春、大丈夫だ。案ずるな」

丈右衛門はゆっくりと起きあがった。少しふらついたが、どうということはなかった。

「本当に大丈夫ですか」

「ああ、もう大丈夫だ」

青い顔をした藤蔵が丈右衛門をのぞきこむ。

「顔色がお悪いです」

「おまえさんのほうがよほど悪いぞ」

藤蔵は丈右衛門の軽口に取り合わなかった。

「布団を敷かせますので、どうか、横におなりください」

「そこまでせずともけっこうだ」

「しかし……」

「帰るよ」

「えっ、そんな」

藤蔵とお春はなおも引きとめようとしたが、丈右衛門の決意がかたいのを知って、あきらめた。

「では、駕籠《かご》を呼びます」

さすがにそれには甘えた。

駕籠が来て、丈右衛門は乗りこんだ。

「お送りします」

藤蔵がいう。これだけは譲りません、という頑固な顔だ。

「わかった、頼む」

お春も一緒に来る気のようだ。

「駕籠屋さん、ご病人なんだ、やさしく頼むよ」

藤蔵の言葉に、かしこまりました、と駕籠かきが返事をした。

「では、行きますよ」

駕籠が静かに持ちあげられ、丈右衛門は揺られはじめた。

道を進むにつれ、気分が悪くなってきた。こいつは戸板のほうがよかったかな、と丈右衛門は思った。でも、それだと死んだように見えるだろうからなあ。

つまらない意地を張って屋敷に戻るなど、いうのではなかった。素直に藤蔵やお春の世話になっておけばよかったのだ。

しかし、もはやあとの祭りだった。いつもなら近いはずの屋敷への道のりが、とてつもなく遠く感じられた。

屋敷に帰り着いたときには、吐き気がしていた。

先にお春が屋敷に入り、寝床をつくってくれた。

布団に横たわったら、もう目をあけていられなくなった。しかし、まだ駕籠の酔いが残っているようで、眠れなかった。

「大丈夫ですか」

お春が額《ひたい》に手を置く。

「すごい熱です」

いったん姿を消した。小さなたらいに水を一杯に汲《く》んできて、乾いた雑巾《ぞうきん》を畳に敷いてから、たらいを置いた。水音をさせて、お春が手ぬぐいをしぼる。

冷たさを丈右衛門は額に感じた。ため息が出るほど気持ちいい。

「大丈夫ですか」

きいてきたのは藤蔵だ。

「大丈夫さ。心配かけるが、これでくたばるようなことはない」

「その点については、手前も安心しております。でも、風邪はなめると怖いと申します。医者を呼びましょう。かかりつけのお医者はいらっしゃいますか」

「寿庵という医者がなじみだが、もう酒を食らっているだろう。だから、とりあえずはいい。藤蔵、帰ってもらっていいぞ」

藤蔵は、まだ離れられないという顔をしている。

「気持ちはありがたいが、おまえさんにできることは残念ながらない」

「さようでしょうねえ」

女のようにかいがいしく看病できないのを、心から無念に思っている。

「お春を置いてゆきます」

丈右衛門はにやっと笑った。まだ余裕があるところを見せたかった。

「お春は、はなからそのつもりさ。なあ」

はい、とお春が笑顔で答える。

ああ、かわいいなあ、と丈右衛門は思った。こんなにかわいくて気立てのよい娘、どうしてなんとかできないのか、文之介のことが歯がゆく感じられてならなかった。

屋敷に入った途端《とたん》、甘いにおいを感じた。

これは、と文之介は喜びを覚えた。お春がいる、まちがいない。

文之介はずんずんと奥に入っていった。

「あれ」

我知らず声が出た。父の部屋に布団がのべられ、そこにお春がいたからだ。丈右衛門は布団に横になっている。

一瞬、まずい場面に出くわしたのか、と思った。まさか二人はついにそういう関係になってしまったのか。目の前が暗くなる。

「どうしたの」

お春が声をかけてくる。

文之介は我に返った。ようやくお春が丈右衛門の看病をしているらしいのに気づいた。

「どうしたんだ」

文之介はお春にたずねた。そっと敷居を越える。

「見ての通りよ。おじさま、風邪を引かれたの」

文之介は枕元《まくらもと》に腰をおろした。丈右衛門は目をあいている。

「大丈夫ですか」

「ああ。だが文之介、もう二度とその言葉をつかうなよ。今日、何度きかされたことか」

「それだけしゃべれるのなら、案ずることもないようですね」

正直、文之介はほっとしている。顔色はいいとはいえないが、思ったほど悪くもない。

「父上が風邪を引くなど、いったい何年ぶりですか。それがし、父上の臥《ふ》せった姿、最後に見たのがいつなのか思いだせません」

「わしだってそうだ」

丈右衛門が笑う。鼻と目にしわが寄り、そこに父の老いを見たような気がして、文之介は目を閉じかけた。

「この風邪は、それだけ強いということだ。文之介も気をつけることだな。風邪など引いたら、お役目にも障りが出る」

「心しておきます」

やがて、丈右衛門から寝息がきこえてきた。穏やかなもので、文之介はほっと息をついた。

お春が額の手ぬぐいを静かに替えた。

正直、うらやましい。自分も風邪を引きたいくらいだ。

その思いが口をついて出た。

それをきいてお春がにっこりと笑う。

「文之介さんに、こんなに手厚く看病するわけないでしょ」

「本当かよ」

「ほんとよ」

文之介はしょげた。

「お春、本当にそうなのか」

そういったのは丈右衛門だった。いつしか目をあけている。

虚を衝《つ》かれたような顔をして、お春は答えない。

ただ、穏やかに笑った。瞳《ひとみ》が星のように輝き、頬にはうっすらと赤みが差している。

つんとやや上を向いた鼻の頭も、行灯《あんどん》の淡い灯を浴びて光っている。

その顔がとても美しく、文之介には神々しささすら感じられた。

六

「勇七、ちょっと寄っていきたいところがあるんだが、いいか」

奉行所に出仕し、表門で勇七と落ち合ってすぐ文之介はいった。

「ええ、もちろんかまいませんが」

「そうか。じゃあ、一番最初にすませちまおう」

文之介は勇七をしたがえて、歩きだした。

今日は朝から快晴だ。遠慮のない日が、東の空からまっすぐ射しこんできている。道を行きかう人は、できるだけ陽射しを避けて歩いている。

「勇七、もう梅雨は明けたのかな」

文之介は陽射しに向かって歩きながら、いった。

「さあ、どうなんですかねえ」

勇七が上を見る。

「この空を見れば、とうに明けていると思うんですけどね」

勇七のいう通り、空は真っ青だ。南には入道雲がもくもくとわきあがっている。

「梅雨は明けたということにしておくか」

どこからか蟬の鳴き声もきこえている。これはもうまちがいないな、と文之介は思った。

二人がやってきたのは、深川島田町《ふかがわしまだちよう》だ。濃い潮の香りがしている。

海のにおいだ、と文之介は鼻をくんくんさせた。子供の頃から海が好きで、それは長じた今でも変わらない。海のにおいには、気持ちを落ち着けてくれるものがある。

「ああ、この町ですか」

勇七が気づく。

「目当てはお知佳さんですか」

「そういうこった」

文之介は勇七とともに長屋の木戸《きど》をくぐった。

「おや」

お知佳の店の戸があいている。

小間物屋らしい男が来ていた。土間に入りこんでいる。

お知佳が畳に立っていた。

「あっ、文之介さん」

いちはやくお知佳が気づき、声をだす。文之介は右手をあげた。小間物屋が振り返る。

端整な顔つきをしているが、文之介は気に入らなかった。目つきが悪い。

何者なのか、と思った。小間物屋が本業のような気がしない。勇七も同感のようだ。

小間物屋が文之介の黒羽織を見て、おっという顔をした。かすかに戸惑いのような色が浮かんでいる。

「じゃあ、お知佳さん、これで失礼します。長居して申しわけございませんでした」

文之介と勇七にも会釈してゆく。

木戸の向こうの道に出るまで、文之介はじっと見送っていた。

「文之介さん、勇七さん、よくいらしてくれました」

おあがりください、といわれて、文之介はあがり框《かまち》に腰かけ、勇七は土間に立った。

「そんなところではなく、本当にあがってください」

「いや、ここでいいよ」

「そうですか」

お知佳はそれ以上いわず、黙って茶をいれはじめた。二間《ふたま》二間《にけん》のつくりで、隣の間ではお知佳の娘のお勢《せい》が寝ている。

「お勢ちゃんは元気かい」

「はい、ありがとうございます。おかげさまでつつがなく」

さほど待つことなく、文之介と勇七はあたたかな湯飲みを手にした。

「暑くなってきましたから、麦湯がいいんでしょうけど、まだ買っていないもので」

「全然気にしなくていいよ。俺は茶が大好きだし、勇七も同じだから」

勇七が笑顔でお知佳にうなずいてみせる。

文之介は茶をひとすすりした。うまいな、とつぶやく。

お知佳が畳に正座する。いきなり頭を下げた。

「文之介さん、ありがとうございました」

文之介は面食らった。

「なんのことだい」

「丈右衛門さまからおききになってはいないのですか」

「なにを」

「私の奉公が決まったことです」

ああ、これだったのか、と文之介は納得した。おととい、丈右衛門がお知佳と一緒に数軒の知り合いの家をまわったといったのは。

「奉公はお知佳さんの望みだったのか」

「はい。いつまでも長屋の皆さんのお世話になってはいられませんから」

お知佳は夫を失うなど、いろいろとつらい経験をしてこの長屋に住むことになった。そのために、これまで金を稼ぐ手立てを持たなかったのだ。

「そいつはよかったな。奉公先はどこだい」

お知佳が告げたが、文之介の知らない店だった。もっとも、文之介は正式な定町廻りになってから日が浅く、知らない店のほうがはるかに多い。

「いつから奉公に」

「あさってからです」

文之介はお知佳に、丈右衛門が風邪を引いたことを教えた。

お知佳が息をのむ。

「重いのですか」

「たいしたことはないよ。そんなにびっくりするほどじゃない」

「でも文之介さん、よく知らせてくれました。ありがとうございます」

すばやく立ちあがったお知佳は、お勢を背中にくくりつけた。

「お知佳さん、今から行くのかい」

「はい、さようです」

自然、文之介たちも腰をあげることになった。

お知佳は向かいの者にあとを頼んでおいてから、長屋を飛びだしていった。お勢は相変わらず眠ったままだ。

「お知佳さん、本気でご隠居に惚《ほ》れていますね」

「そのようだな。親父がうらやましいよ」

「まったくですね」

お知佳と丈右衛門は相思だ。振り返って自分たちを見てみれば、文之介と勇七は好きな娘とうまくいっているとはいいがたい。

お互いうまくいったように思えたときもあったが、結局長続きしなかった。

「旦那、あれ」

勇七が小さく指さした先には、さっきの小間物屋がいた。木戸の陰で、お知佳を見送っていたようだ。

文之介は、やはり男の目つきが気に入らない。近づいていった。

「どうかしたのか」

「いえ、なんでもありませんよ」

愛想笑いを浮かべたが、一瞬、小間物屋の瞳が凶暴そうな光を帯びた。

何者だ、こいつ。文之介は男を凝視した。男はちらと見返してきたが、一礼すると、背中の荷物を担ぎ直し、悠々と歩きだした。

「何者ですかね」

「ああ」

文之介は、道を遠ざかってゆく男に眼差《まなざ》しを当て続けた。こちらを一度も振り向くことなく、男は道を左に折れていった。

文之介は取って返し、お知佳の店の向かいの者を呼んだ。やや肥《こ》えている女房が障子戸をあける。

「小間物屋だが、お知佳さんのところによく来るのか」

「ええ、そうですね。私たちのところにはほとんど寄らないで、お知佳さんのところにだけ行きますよ」

「いつ頃から来ている」

「まだそんなにたってないですね。一月くらいではないでしょうか」

「その前にあの小間物屋は、この長屋に姿を見せていなかったんだな」

「はい。よく来ていたのはほかの小間物屋さんでした」

「その小間物屋は」

「そういえば、最近見かけないですね」

そうか、と文之介はいった。

「あの小間物屋、名はなんと」

「駒蔵《こまぞう》さんというと思いますけど」

文之介は、その名に引っかかるものがあるかと思ったが、なにも出てこなかった。

気になるというだけで引っ立てることはできない。

「ありがとう」

文之介は女房にいい、勇七を引きつれて長屋をあとにした。

七

「しかし旦那、さっきの小間物屋、気になりますね」

「ありゃ堅気《かたぎ》じゃねえな」

「どうしてお知佳さんの店に来ているんですかね」

「お知佳さんに狙いがあるのかもな」

「狙いですか。どんな」

「さあ、そいつはさっぱりだ」

「今度見かけたら、ただしてみますかい」

「やってもいいが、なにも吐かねえだろう」

「そうでしょうね」

「気になるのは事実だ。お知佳さんからここしばらく目を離さねえようにするのが、一番いいかもしれねえな」

文之介と勇七は盗賊の探索に戻った。

通りがかった一膳飯屋《いちぜんめしや》で昼飯をとり、その後も午前と同じく盗賊の探索に精をだした。

だが、これまでとまったく同じで、なにも得ることはできなかった。

「くっそー。本当になにもつかめねえな。いったいどうなってやがんだ」

「旦那、そんなにかりかりしないでおくんなさい」

勇七がなだめる。

「しかし勇七、なにかこう、気分を変えるようなできごとでも起きねえかな。そうすると、急に道がひらけて、うまくいくような気がする」

「気分を変える、ですかい。なかなかむずかしいですねえ」

おっ。文之介は声をあげた。いい香りがすると思ってそちらに顔を向けたら、姿がよく色白の娘が前を通りすぎたからだ。

肝腎《かんじん》の顔を見逃してしまい、文之介はあわてて早足になった。

「旦那、どうしたんです」

勇七がついてくる。

文之介は娘の顔をのぞきこんだ。娘はびっくりしたが、文之介の黒羽織に気づいて、ご苦労さまです、と礼儀正しく頭を下げた。そのまま道を進んでゆく。

目が涼やかで鼻筋が通り、唇はややぼってりしていた。

「おい勇七、今の娘、見たか」

「見ちゃいませんよ」

「なんだ、そうか。それならちょっとついていってみよう。家はどこかな」

「旦那、お役目中ですよ」

「いいじゃねえか、たまには」

「たまには、ですかい。確かに最近はこういうことも減ってはきましたけどね」

文之介は勇七のぼやきなど耳に入らず、娘のあとをふらふらとついていった。

やがて娘は一軒の茶店に入った。文之介は茶店の縁台に腰をおろした。娘の姿を捜す。

しかしどこに座ったのか、姿が見えない。

「あれ、おかしいな」

「まったくもうなにしてるんですか」

立ったままの勇七があきれ顔をしている。

「勇七も座れよ。この茶店に来たのも、なにかの縁だろうぜ」

仕方なげに勇七が文之介の隣に腰かけた。

「いらっしゃいませ」

さっきのいい香りがして、文之介は声のほうに顔を振り向けた。

娘が立っていた。

「やあ」

文之介は右手を軽く掲げた。

「おまえさん、ここで働いていたのか。なんて名だい」

娘は微笑を返してきただけだ。

「なになさいますか」

まあ、そんなものだろうな。町人が侍の問いに答えないなどあっちゃあならねえけれど、今は時代がちがうからなあ。

文之介は鼻の頭の汗を指先でぬぐい取った。

「冷たい茶はあるかい」

「はい、ございます」

「それを二つ。あと、食い物でお勧めはあるかな」

「でしたらお団子はいかがですか。おばあちゃんがつくっていて、とってもおいしいですよ」

「おまえさんがいうのなら、確かだろう。じゃあ、それを四皿もらおうかな」

「旦那、そんなに食べるんですかい」

「二皿は勇七、おめえのだよ」

「そうですか」

勇七は、そんなに食えるかな、とつぶやいている。

「承知しました」

「食えなかったら、俺にまかせろ。全部たいらげてやる」

「では、冷たいお茶をお二つに、お団子を四皿でよろしいですか」

「うん、頼む」

ありがとうございます、と娘が奥に去ってゆく。

「きれいな娘さんですねえ」

勇七がそんなことをいい、文之介は驚いた。

「おめえにも今の娘がきれいだってこと、わかるんだな」

「そりゃわかりますよ」

そうなんだよな、と文之介は思った。今の娘に限らず、子供の頃の勇七はふつうにかわいい女の子が好きだった。おえんのかわいさもわかっているし。

それがいつお克になったのか。長いつき合いだが、いまだにわからない。

「この茶店の看板娘ですね」

「そのようだな」

今の娘が働きはじめてから、明らかに男の客が増えている。

「でも勇七、今の娘、おまえのこと、あまり気にしていなかったな。いつもなら、とろんとした目をする娘がほとんどなのに」

ここに勇七の謎を解く鍵があるのかもしれんな、と文之介は思った。自分に興味を持たない女が好みなのではないか。

だがそれでも、お克が好きという謎が解けるわけではなかった。

茶と団子がやってきて、文之介は団子にがっついた。

「いうだけあってうめえじゃねえか」

文之介は一皿にのっている三本の団子をあっという間にたいらげた。二皿目に手をのばす。

醤油だれは甘くはないがこくがあり、外側がぱりっとしていてなかはしっとり、という団子によく合っている。冷たい茶も濃いめにいれてあり、団子と一緒に食べると、口のなかがさっぱりする。

看板娘目当てと思えた客たちも、実はこの団子と茶を口にしたくてやってきているのでは、と思えてきた。

結局、勇七も団子を二皿食べた。満足そうな顔をしている。

「どうだ、来てよかっただろう」

「はい、まあ」

勇七が最後の茶をすする。文之介は暑いなかに出るのがいやで、熱いものでも喫しているかのようにちびりちびりと飲んだ。

あとから入ってきた二人連れの客が、文之介たちの隣の縁台に座った。どうやら近くの職人らしい。

暑いなあ、といい合ってやはり冷たい茶と団子を注文する。

二人は、看板娘が持ってきた茶を飲み、団子を食しつつ、噂《うわさ》話をはじめた。

「そういえば、善一郎《ぜんいちろう》とかいう男のこと、知っているか」

「名だけはきいたことがあるな。その善一郎がどうかしたのかい」

「この前、福彦《ふくひこ》で会ったんだけどさ、急に金まわりがよくなったみたいで、酒をおごってくれたんだよ」

「そいつはよかったね」

「でも、それだけじゃないんだ」

男が声をひそめ、興味を惹《ひ》かれた文之介は耳をそばだてた。横で勇七も同じ様子だ。

「そのあと、女郎宿に連れていってくれたんだよ」

「へえ、そいつはうらやましいな」

「また行こう、なんていってくれてさ、実をいうと、昨晩も行ってきたんだ」

「えっ、ほんとかよ。どうして知らせてくれなかったんだ」

「悪かったな。今度は必ず知らせるよ」

「頼むぜ、ほんとに。独り者はおまえさんだけじゃないんだからさ」

文之介は勇七に目配せしてから、二人の会話に割りこんだ。

「ちょっとききてえんだが」

えっ、と二人が顔を向けてきた。文之介の黒羽織にはじめて気づいたようで、二人そろって目をむいた。

「そのぜんいちろう、というのは何者だい」

「いえ、あっしは名しか知らないんですよ」

「どんな字を当ててるんだ」

男が説明する。

「なるほど、善一郎か。――福彦とかいうのは煮売り酒屋か」

「はい、そうです。深川猿江町《ふかがわさるえちょう》にある縄暖簾《なわ》です」

「善一郎は福彦の常連なんだな」

「はい、よく見かけます。最近では一緒に飲むことが多いんですが」

「近くに住んでいるということか」

「はい、きいたことはないですけど、いえ、きいたことはあるんですけど、教えてくれないんですよ」

「ほう、教えねえか」

これはうしろ暗いことがある証ではないか。

「ありがとよ」

文之介は看板娘に代を払い、勇七とともに深川猿江町に向かった。

福彦のあるじは深くうなずいた。

「ええ、善一郎さんなら存じあげてますよ。よくいらしてくれます」

「毎晩か」

「いえ、毎晩ということはないですね」

「三日前の晩はどうだ」

「三日前はいらっしゃらなかったです」

あるじははっきりと答えた。

文之介は、商家が盗みに入られた晩を次々にあげていった。

福彦のあるじはすべての晩を覚えていなかったが、奉公人の言も合わせ、そのほとんどの晩に善一郎は来ていなかったのが判明した。

「あるじ、善一郎がどこに住んでいるか、知っているか」

あるじを含め、奉公人たちは知らなかった。

「でも一度、末広町《すえひろちょう》のほうに住んでいる、といったことがありましたけど」

奉公人の一人がいった。

「生業《なりわい》をきいたことは」

「なにかの職人をやっているときいたことがあります」

「そうか。善一郎がこの店に居合わせた者の勘定をよく持っているというのは本当か」

「はい、本当です」

これはあるじが答えた。

「そのあと、みんなで悪所に繰りだすこともある、というのも」

「はい、常連さんからそうきいたことがあります」

ここまでわかれば十分だった。文之介と勇七は福彦を出て、深川末広町に足を向けた。

善一郎のことを末広町の自身番できいてみると、飾り職人だったのが知れた。だった、というのは、最近、仕事をやめたばかりだからだ。

文之介と勇七は、善一郎の奉公先だった飾り職の親方のもとを訪れた。

「腕はとてもいいんですよ。やめちまうなんて、本当にもったいない」

親方は心の底から悔しがっていた。

その器用さが錠前破りにつながったとしても、決して不思議はない。

「善一郎はどうして飾り職人をやめたんだ」

文之介がきくと、親方は力なげに首を振った。

「見当がつかないんです。あっしもきいたんですけど、あの野郎、わけをいわないんですよ。もう少し辛抱すれば独り立ちできて、いくらでも稼げるようになったはずなのに」

親方がうなだれた。

今はもっと稼いでいるかもしれん、といったら、この親方はどんな顔をするだろうか、と文之介は思った。

「でもお役人、どうして善一郎のことをお知りになりたいんですか」

親方が当然の問いを発した。

「それは親方、じきわかるだろうよ」

八

「なにか召しあがりますか」

お春にいわれ、布団にずっと横たわったままの丈右衛門はなにか食べたい物があるか、しばらく考えた。

「いや、なにも食べたくない」

「おなかがお空きではないですか」

「いや、腹は減っていない。これはつまり、今はなにも食べるな、と体が命じているということだ」

「そういうものですか」

「そういうものさ」

お春が手をのばし、丈右衛門の額に手を触れた。

「熱はだいぶ下がってきたようですね」

「そうか。それはよかった」

お春がふっと笑う。

「他人事《ひとごと》みたいなおっしゃり方ですね」

丈右衛門は一度目を閉じてから、またひらいた。

「でもお春、いいのか」

「なにがです」

「今日も朝から来てくれたが、用事があったのではないか」

「いえ、別になにもありません。おじさまが一番大事な用です」

「わしが一番大事か」

「だって命の恩人ですもの」

それは事実だ。お春が幼い頃、さらわれたことがあった。それを無事、助けだしたのが丈右衛門だった。

しかし、と丈右衛門は思った。以前のお春とは気持ちがちがってきているようだ。前なら、決して命の恩人、といういい方はしなかっただろう。大好きだから、というようないい方をしていたはずだ。

誰に気持ちが傾いているか、それはいわずもがなだろう。丈右衛門はにんまりした。

「おじさま、なにがおかしいのです」

「お春さ。いい女になってきたなあ、と思ってな」

「本当ですか」

顔を輝かせる。

「うん、嘘《うそ》ではないぞ。本当にきれいになった」

「うれしい」

お春が頰を赤らめる。

丈右衛門は口許《くちもと》をゆるめたが、すぐに引き締めた。外に来客の気配を感じたからだ。

「誰かやってきたようだぞ」

お春が立つ。

「庭のほうだ」

わかりました、と部屋を出てゆく。

丈右衛門が三、四度まばたきをするかしないかのうちにお春は戻ってきた。少し微妙な表情をしている。

「どうした」

お春はややかたい笑みを浮かべて、背後に顔を向けた。

敷居際で膝《ひざ》をついた女を見て、丈右衛門は驚いた。

お知佳だった。背中にお勢を負っている。

「どうして」

口をついて出た。

お知佳がこの屋敷にやってきた理由をいう。

「あいつか」

丈右衛門は納得した。文之介なりにお知佳に知らせたほうがいい、と判断したのだろう。

「おじさま、私、帰ります」

「えっ、そうか」

お春は、丈右衛門はお知佳にまかせたほうがいいと考えたようだ。

あるいは、と丈右衛門は思った。お知佳への思いが顔に出てしまったか。

引きとめるのも妙に感じられ、丈右衛門は、助かったよ、とだけ口にした。

お春は濡縁《ぬれえん》から庭におりた。

「お春さん、私、お春さんを追いだすために来たわけじゃありませんよ」

濡縁に立ってお知佳がいった。

「ええ、お知佳さんがそんな人じゃないことは、よくわかっています。もしそんな人だったら、おじさまが……」

お春は言葉をとめ、辞儀した。

「じゃあ、これで失礼します」

枝折戸《しおりど》を出て、歩きだした。刻限は四つ前くらいだろうか。すでに太陽は中天近くまでのぼっており、真夏に近い陽射しを放っていた。

熱を持った大気にいきなり包みこまれ、お春は少しめまいがした。それは歩いているうちに静かに消えていった。

もう夏ね、とお春は思った。名は春だが、お春は夏が特に好きだ。

どうしてなのか。それはきっと文之介と遊んだ覚えが最もあるからだろう。

文之介は夏が一番好きだ。薄着でいられるから、というのがいかにも文之介らしい。

お春は足をとめ、もう見えなくなった御牧屋敷のほうを眺めた。

お知佳がやってきたのには驚いたが、丈右衛門の世話をまかせることについてはさして気にならなかった。

前ならきっとこんなことは思わなかっただろう。お知佳に対抗しようと気張ったかもしれない。

そんなことを余裕を持って考えられるのは、丈右衛門を想う心が消えてしまったからか。

そうかもしれない。だからといって、お春に悔いはない。

それにしても、と思ってお春は再び歩きはじめた。屋敷に二人きりにしたのはまずかっただろうか。

いや、丈右衛門は風邪を引いている。それをお知佳が看病に来ただけのことだ。もっとも、二人とも大人だ、自分がどうこういうことではない。好き合っている二人に、気をまわしたところで仕方ない。

前なら、丈右衛門を別の女の人と二人きりにするなど、耐えられなかっただろう。でも今はやはりちがう。心に変化がある。

これは、文之介へ気持ちが傾いているためなのか。

文之介のことを考えると、ほっとする。うれしい。

そういえば、最近文之介のことばかり考えているような気がする。

今どうしているのか。ちゃんと朝ご飯を食べたのか。変な女のあとを追いかけたりはしていないか。

変な女ではなく、別の女に心を移したりしないだろうか。

別の女と考えたら、お春の胸はちくりと痛んだ。文之介が自分から心を離してしまう。

お春は知らず胸を押さえていた。これが恋心なのだろうか。

「お加減はいかがですか」

枕元にひざまずいたお知佳に問われて、丈右衛門は、だいぶよくなった、と答えた。

「そうですか。なにか食べたい物はございますか」

さっきお春にきかれたばかりだ。なにも、といおうとして、空腹に気づいた。現金なもので、お知佳の顔を見られたことで、体が元気を取り戻しつつある、ということのようだ。

実際、お知佳に来てもらい、丈右衛門はほっとしたものを感じている。

「なにかつくってもらえるのなら、なんでもいいよ」

わかりました、とお知佳が立つ。背中のお勢は相変わらず寝ている。

台所のほうからまな板を叩く音がきこえてきた。

丈右衛門は安らぎを覚えた。こんな感じは久しぶりだ。

妻の佐和《さわ》が生きていた頃以来だろう。

佐和は組屋敷内の娘だった。幼い頃から知った顔で、幼い頃から好きな娘だった。だから一緒になれたのは、自然なことだった。

夫婦仲はむろんよかった。

しかも佐和は、娘とせがれを授けてくれた。丈右衛門は今も感謝の気持ちで一杯だ。できることなら、また佐和に会いたい。どうして死んでしまったのか、と思う。

こうして今、お知佳にめぐり会えたというのは、佐和の引き合わせだろうか。

今は、佐和に向けていた気持ちと同じくらい、お知佳がいとおしくてならない。

九

善一郎は、小柄でほっそりしていた。事前に文之介が予期した通りの体つきだ。

桑木又兵衛の命で、善一郎はしばらく泳がせることに決定した。どうせ、いずれまた仕事をするに決まっている。

善一郎の住む長屋を見おろせる商家の二階に陣取った文之介と勇七だけでなく、長屋のまわりには奉行所の手の者が張りこんだ。

吾市や中間の砂吉もそのなかの一員だ。もし善一郎が盗賊として働きに出れば、捕縛《ほばく》の指揮をとるのは吾市だ。そのあたりはどうやら経験を買われたようだ。

もし善一郎が目当ての盗賊とするなら、この手の者はとにかく勘がよく、奉行所の者の気配などすぐにさとるだろうから、張りこみには細心の注意が要求された。

決して善一郎には近づかないように、又兵衛から指示がだされていた。

文之介が見た限りでは、確かに善一郎の暮らしぶりは派手だった。

福彦では飲み仲間の代をすべて持ち、親しい者と悪所に連れ立って出かけた。その代もむろん、善一郎持ちだった。

仲間から持ちあげられることに、善一郎は気持ちよさを感じている。そのために散財している。

そういうふうに、文之介には思えた。これまで孤独の男だったのかもしれない。

半月で七軒。つまり、ほぼ二日に一度、盗賊は盗みに入ったことになる。

ただ、この三日、煮売り酒屋や悪所に出かけるものの、善一郎は町々の木戸の閉まる四つ前には必ず帰ってきた。住みかの長屋の灯もすぐに落とされ、あとはしんとした闇が店を包みこむのみだった。

その間、盗賊に入られたという商家は一軒たりともなかった。

善一郎は昼間はなにもせず、長屋でごろごろしていた。障子戸は風を入れるためにあけっ放しにされている。

善一郎を張りはじめて四日目のこと。午前にまとまった雨が降り、まだ梅雨は続いているのかと文之介に思わせたが、午後になって雲が急速に取れて、一気に真夏の陽射しが降り注いできた。これまでの空と明るさが格段にちがった。

これで本当に梅雨明けだな、と文之介が勇七に語りかけた日の晩、善一郎はこれまでとは異なり、出かけなかった。

「今夜かもな」

文之介がいうと、勇七が深くうなずいた。

「まちがいないでしょう」

四つ前に、善一郎の店の明かりが消えた。寝たのだ、と文之介は思わなかった。腹を空かせた獣が狩りに出る間合をはかっている、そんなふうに感じられた。

どこからか、鐘の音がきこえてきた。九つを告げる鐘だ。

鐘の余韻が消えるのを待っていたかのように障子戸が細くあき、黒い影がすっと路地に忍び出てきた。かすかに鉄の触れ合う音がきこえてきたのは、障子戸に鍵をかけたからのようだ。

善一郎は、人目を避けるように軒下を選んで歩く。

梅雨が明けたと思ったのに、空には雲が一杯で、月夜のはずなのに月はどこにも見えない。盗賊にとっては格好の夜だろう。こういう夜を待っていたのかもしれない。

長屋の木戸を出たところで、善一郎は懐から取りだした小田原《おだわら》提灯に火をつけた。

その明かりで、善一郎が職人ふうの格好をしているのが見て取れた。左手には軽そうな風呂敷《ふろしき》包み。盗賊のなりには見えない。

どういうことなんでしょうね、と目を凝らす勇七の横顔がいっている。

おそらく、と文之介は思った。途中まではああいう格好で行き、目当ての商家の近くまで来たら、それらしい扮装《ふんそう》に変えるのだろう。風呂敷の中身は着替えではないか。

文之介たちは商家を出て、善一郎をつけはじめた。こちらは提灯などつけない。

歩き進むうち、奉行所の捕り手たちの影が霧を突き破るようにして出てきて、善一郎のあとをつけはじめた。

総勢で二十名を超えている。誰もが無言で、足音を立てない。月がないというのは、つけるほうにとっても格好だった。

善一郎は町の木戸をくぐるとき、酔っ払いのふりをしていた。しかもさりげなく顔をうつむけて、木戸番の者に顔を覚えさせないようにしていた。

これはもうまちがいないな、と文之介は思った。うしろ暗いことがあるから、あんな真似《まね》をしなければならないのだ。

文之介と勇七は、距離を半町以上保って慎重にあとをつけた。決して気づかれてはならない。

やがて善一郎が道を折れ、細い路地に入った。すぐに提灯が消されたようで、路地の入口は闇に溶けた。

どうして提灯を消したのか。やつは路地にとどまっているのだ。

人などいるはずのない路地で善一郎がなにをしているのか、確かめたい衝動に駆られたが、文之介は我慢した。

確かめるまでもないことだ。善一郎は着替えをしているのだ。

ふっと夜の幕がかすかに動き、影が道に出てきた。

善一郎のなりはすっかり変わっている。黒装束だ。着替え終えた着物は風呂敷に包まれたようで、背中にくくりつけられていた。

つかまえたかった。あれだけでも十分な理由になる。

文之介はこらえた。ここで焦ってはならない。あのなりだけでは、これまでの盗みの証拠にはならない。

やつが盗みに入ったところをとらえなければならない。

善一郎はあたりの気配をうかがいつつ、道を歩いている。やがて一軒の商家の前で足をとめた。

深川平野町《ふかがわひらのちよう》だ。仙台堀《せんだいぼり》から南に二町近く南に入りこんだ町だ。東側は十近くの寺が寄り集まる寺町になっている。

あっちに逃げこまれたらまずいな、と文之介は闇に取りこまれるように建つ、いくつかの本堂の影を眺めた。

善一郎は商家の脇の路地に入りこんだ。そこから塀を越え、家のなかに忍びこむ算段のようだ。

文之介たちは吾市の命で商家のまわりに捕り手たちを撒《ま》き、どこから善一郎が出てきてもとらえることのできる手はずを取った。

善一郎をとらえるのには、と文之介は思った。少し網が薄すぎるのでは。杞憂《きゆう》に終わってくれればよいのだが。

文之介たちは、入りこんだ商家から善一郎が出てくるのをひたすら待った。

やがてそのときがきた。善一郎が入るときにつかった塀を乗り越え、再び同じ路地におり立ったのだ。

その瞬間を文之介たちは見ていなかった。吾市の指示で商家の裏にまわっていたからだ。

呼子《よびこ》がぴりぴりぴりぴりと吹かれる。文之介はかざした十手《じって》をさっと振った。

「勇七、行くぞ」

「へい」

文之介と勇七は、呼子の鳴る方角に向かって駆けた。

細い路地の向こうで格闘の音がしている。御用、御用、という声とともに野郎、神妙にしやがれ、と怒鳴りつける吾市らしい声もきこえてきた。

手こずっているようだ。やがて、どすという肉を打つような音がきこえたあと、一瞬静かになった。

とらえたのか、と文之介は思ったが、影が路地をこちらのほうに突進してきた。

やつだ。文之介は十手を握り締め、影が近づいてくるのを待った。

文之介たちのうしろには誰もいない。文之介と勇七が破られたら、善一郎を取り逃がすことになる。

明らかに失態だ。読売に派手に載ることになるだろう。

あと一間というところまで来て、善一郎が文之介たちに気づいた。立ちどまるかと思ったが、逆に足をはやめ、跳躍した。

一気に文之介たちの頭上を越した。人間業とは思えなかったが、野郎っ、と叫んで文之介は十手を鋭く振りあげた。

善一郎の体のどこかに当たったが、跳躍の勢いを減ずるまでには至らなかった。

善一郎は地面におり立ち、路地の奥に駆けだした。

「勇七っ」

文之介が叫ぶ前に、勇七はすでに捕縄《とりなわ》の用意をしていた。しゅっと風を切る音がして、暗闇のなかを縄が命を宿したかのようにのびてゆく。

びしっ、という音とともに善一郎が前のめりに体勢を崩した。足に絡みついた縄を、あわてて取ろうとしている。

逃がすか。文之介は突進し、善一郎に躍りかかった。

善一郎が飛びつこうとする文之介に気づき、あわてて立ちあがる。

文之介はかわされ、顔から地面に突っこむ形になった。痛え、と内心で悲鳴をあげたが、左手を無理にのばし、背後から善一郎の肩をつかむ。

善一郎は文之介の腕を振りほどこうとした。

ここで逃すわけにはいかなかった。文之介は善一郎の肩に爪《つめ》を立てるような気持ちで、腕に力を入れた。

ほっかむりをした善一郎の表情がゆがむ。

「観念しやがれっ」

文之介は叫んだが、善一郎は必死にあらがっている。とらえられれば獄門《ごくもん》なのだ。

文之介は、取り押さえるためには十手をつかうしかない、と判断した。

右手を振りあげる。右肩めがけて、十手を振りおろした。

がつ、と骨の鳴る音がした。うぐ、と善一郎の喉《のど》の奥から声が漏《も》れた。動きが途端に鈍くなる。

文之介は十手を振りかざした姿が、善一郎によく見えるようにした。

「もう一発、食らいたいか」

「わかりましたよ」

善一郎は全身から力を抜いて、尻餅《しりもち》をつくように地面に腰をおろした。疲れきったように息を吐く。

「とうとうつかまっちまったか」

力なく首を振る。

文之介はほっかむりをはぎ取った。紛《まご》う方なく善一郎だった。

「やりすぎたかな」

「勇七、縄を打ちな」

へい、と答えて勇七が善一郎に縛《いまし》めをした。縄を引き、善一郎を立たせる。

善一郎が見つめてきた。

「旦那、どうしてここに網を張れたんです」

文之介は答えない。

「あっしに目をつけてたんですね。いつからです」

これにも文之介は無言だった。

「なにも教えてもらえねえのか。まあ、お役人ならそうだろうな」

文之介が教えなかったのは、このあと善一郎が入牢《じゅろう》するからだ。善一郎は獄門だが、いずれ牢を出てくる者たちにどういう手順で捕縛に至ったのか、知られたくない。

善一郎の長屋の店には、五百四十両ほどが残されていた。

調べのために店を訪れた吾市は、誰もいないのを確かめてから、三十五両を懐に入れた。

本当は全額をものにしたかった。だが、重すぎて持てないかもしれない。

とりあえず三十両もあれば十分だ。あとの五両はもし必要なら、という気持ちだった。

「よし、ここには五百五両ばかりある。ちゃんと記録して、奉行所に持ってゆけ」

吾市は、外で待っていた小者たちに命じた。いつもの口調を保ったつもりだったが、口はからからで、うまく言葉が伝わったか自信がなかった。

小者たちは吾市の言葉を疑うそぶりはまったくなく、奉行所から持ってきた千両箱へてきぱきと金を入れていった。全部おさめ終えると、長屋の路地に置いてある荷車にのせ、その上に筵《むしろ》をかけた。筵をさらに縄で縛る。

「よし、行くぞ」

そこまで見届けて、吾市は出発の命をくだした。

奉行所に向かいながら吾市は、この三十五両はすぐに返すのだから、と自らにいいきかせた。決して悪いことをしているわけではない。ただ借りるだけだ。

返すまでの猶予は、まず五日か。

いったん蔵におさめ入れられた金は奉行所で計算し、盗みに入られた商家に金額の多寡に応じてそれぞれ戻されるはずだ。五日という目算にまずまちがいはあるまい。

しかし、まさかこの俺がこんなことをしちまうなんて。

後悔が心をよぎるが、いや、これでいいのだ、と吾市は胸中でうなずいた。

奉行所の蔵にしまわれたら、もはや手が出ないのだ。さっきとらえたばかりの善一郎という男をつかえばなんとかなるかもしれないが、それは無理なことだ。

さっきやるしかなかったんだ。そう、これでいいんだ。

吾市のつぶやきは口から漏れていたが、幸いにも小者たちの耳には届かなかった。

十

襖《ふすま》をあけると、ざわめきがぴたりとどまった。

喜太夫は座敷に足を踏み入れるや、すばやく進んで床の間を背にして座った。脇息《きょうそく》にもたれかかる。

全部で十名ほどの男たちが、真剣な眼差しを向けてきた。それぞれの顔には、畏敬《いけい》の念が深く刻まれている。

「あの男、つかまったそうだね」

一の配下の吉兵衛《きちべえ》が答える。

「はい。お頭《かしら》のおっしゃる通りにやりましたところ、ものの見事に町方が動きました」

善一郎程度の盗賊に関することなど、闇の世に生きていればいくらでも入ってくる。どこでどんな暮らしを送っているかなど、わざわざ調べるまでもなかった。

どうしてそんなたれこみも同然のことをしたか。

昔の自分と同じ手口で跳梁《ちょうりょう》しているのが、目障りだったのだ。盗賊としての名声は、自分だけのものという思いがある。

それに、嫉妬《しっと》もあった。自分も、もう少し盗賊を続けたかった。

だが、それはもはやかなうことではない。

喜太夫は脇息から身を起こした。

「万事うまくいっているのかい」

やさしく吉兵衛にきいた。

「もちろんです」

「それはいいね」

喜太夫はさらに続けてきいた。

「なにか目障りなことは起きてないかい」

「はい、なにも。お頭がおっしゃった通り、万事うまくいっています」

「これからも、いやなことは起きそうにないかい」

吉兵衛が眉を曇らせる。

「それはどうともいえません」

「まあ、そうだろうね」

喜太夫はうなずいた。

からね」
「今のところは法度《はっと》を破っているとはいえないだろうけど、いずれは町方が動くだろう
「その通りだと思います」
「御牧丈右衛門は隠居したんだね」
「はい、二年ばかり前に」
「あの男が番所にいないのなら、少しは安心できるね。文之介とかいったね、せがれは
どうなんだい」
「成長してきているようですけど、丈右衛門ほどではありません。それは当たり前でし
ようけれど」
「そうかい、成長してるのかい。あの丈右衛門のせがれなら、油断はできないね」
「丈右衛門のせがれがどの程度なのか、知るためにわざと近づいてみましたが、引っか
けられたことに気づいていないような男ですから、あまり気にすることはないのではな
いですか」
「せがれが気づいていないのは、芝居をした二人がうまかったからだよ」
配下たちがうれしそうな笑みを見せる。
「きっと丈右衛門だってだませたんじゃないかい」
吉兵衛は微笑を浮かべただけだ。

「丈右衛門はだませなかったかね」

「わかりません。でも、お頭をとらえられずに隠居した男です。もう考えることはありやしません」

「そういうことだろうね」

喜太夫はそっと手をあげた。

「もうよろしいんで」

吉兵衛がきく。

「ああ、仕事の話はここまでにしとこう。さっそくはじめとくれ」

吉兵衛がほかの配下たちを振り返る。五名ばかりが立ちあがり、背後の襖をあけた。そこから徳利や肴《さかな》などを運び入れる。

配下たちが手にしたのは湯飲みだ。全員に酒が行き渡ったのを確かめる。

「よし、前祝いだよ。遠慮なく飲んどくれ」

いただきます、と配下たちが声をそろえる。

酒盛りがはじまった。

みんな、湯飲みを盛んに傾けている。別に祝いの名目もないのだが、こうして配下たちが楽しそうに酒を酌《く》んでいる光景を眺めているのは、心なごむものだった。いい酒をそろえるよう、吉兵衛には命じておいた。

「お頭、一杯いかがです」

吉兵衛が勧めてきた。

「じゃあ、一杯だけいただこうかね」

喜太夫は杯で徳利の酒を受けた。昔からそんなに強いほうではなく、少しだけ口をつけるにとどめた。

「うん、おいしいね。おまえも飲みな」

「はい、いただきます」

吉兵衛は湯飲みを一気にあけた。

「相変わらず豪快だね」

「このくらいじゃないと酒はうまくないものですから」

吉兵衛の教えを受けたわけではないだろうが、配下たちも水のごとく酒を飲んでいる。

喜太夫にはとても真似できない。

それに、酒は油断を生む。前もそうだった。すごしたところを急襲された。かろうじて逃げだせたが。

あんな思いは二度としたくない。奉行所はきらいだ。

喜太夫はふと耳を澄ませた。

「赤子の泣き声がきこえないかい」

「ええ、泣いてますね」

近くの長屋で乳をほしがっているようだ。

ここまでだった。

喜太夫は吉兵衛にうなずきかけ、そっと立ちあがった。

第二章　盗み帳簿

一

「なにか困ったことはありませんか」

若い手代《てだい》にきかれた。

「いえ、ありません」

お知佳は笑顔で答えた。実際、今のところはなにもない。あればすぐいうつもりでいるが、本当になにもない。

これまで何度、同じ言葉をかけられただろう。

「さようですか。でも本当に遠慮はいりませんから」

手代が一礼して店のほうに去ってゆく。お知佳は深く頭を下げた。

お知佳が女中奉公をはじめて、今日で二日目だ。昨日より今日のほうが慣れた。

店の人たちは、主人、奉公人を問わずとてもよくしてくれる。人柄によるものだろうが、丈右衛門の威も届いている感じがする。

丈右衛門の紹介で入ってきた者に、失礼な真似はできない、ということか。

いったい丈右衛門さまは、どんな形でこの店の者と知り合うことになったのだろう。

お知佳としては知りたかったが、今のところはきける状態ではない。慣れるのに精一杯だ。

お勢のこともどうしても気になる。奉公するのは自分で望んだことなのだけれど、離れているのはつらい。なにかあったら、と気が気ではない。

でも長屋の人たちが見てくれている。お知佳さん、安心して行っといで。お勢ちゃんのことはまかせておきなよ。

口々に力強くいってくれた。きっと大丈夫だ。もともとお勢は寝てばかりいるから、さして手もかからないだろう。

お知佳がこの店でやるべきことは、掃除に洗濯、炊事といった家事だ。

朝の六つ頃にやってきて、朝餉《あさげ》をつくる。ほかの店は知らないが、ここ才田屋では手がすいた者から朝餉を食べてゆく。それは昼餉《ひるげ》も同じだ。

お知佳はとにかく大忙しだ。これまですべてを男手だけでやっていたらしいが、その手のことをまかされていた者が、一月ほど前、病の上に老齢で身を引くことになった。

その代わりとして、お知佳は入ったのだ。

ここは上州《じょうしゅう》の江戸店《だな》で、働いているすべてが上州の出身の者だ。奉公人同士の会話では上州の言葉が行きかうが、奉公人たちは江戸の言葉も話すことができ、お知佳にはほとんどなまりを感じさせない言葉で語りかけてくれる。

それはきっと江戸で商売をやってゆく上で、ひじょうに大切なのだろう。これは主人の教えなのだそうだ。

居心地はとてもよい。先のことはわからないが、大丈夫、長続きするだろう。

店は活気に満ちており、若い者が多い奉公人たちの食いっぷりは、見ていて気持ちよくなるほどだ。

朝餉も昼餉もいつ食べに来るかわからないから、常に味噌汁などの火加減を見ておかなければならない。そのあいだに家の掃除もしなければならない。

最後に夕餉の支度をして、お知佳は長屋に戻るのだ。

家には高価そうな焼き物や置物があり、庭には手のかかっている盆栽が並べられている。どのくらいの価値があるものなのか、お知佳には考えもつかない。

いかにもお金がうなっている店だ。上州に本店があり、二十年ほど前に江戸店をだしたらしい。

丈右衛門が事前に伝えてくれたところによると、江戸で成功をおさめるためには上州に引っこんだままでは駄目だ、というわけで、十五年以上も前にあるじは妻子を置いて単身江戸に出てきたという。

見事に江戸での成功をつかんだ主人は跡継に店をまかせることになり、今、隠居所を庭に建てている。

しきりに金槌《かなづち》の音がしており、耳に小気味よく響いてきていた。

廊下と濡縁のふき掃除をはじめてしばらくしたとき、お知佳さん、と声をかけられた。顔をあげると、主人の喜多左衛門《きたざえもん》が廊下に立っていた。お知佳はあわてて辞儀した。

「そんなにかしこまることはありませんよ」

丈右衛門に連れられてはじめて来たときもそうだったが、喜多左衛門はお知佳に対してもていねいな言葉づかいをする。

「もう慣れましたか」

「はい、ありがとうございます。皆さんによくしてもらっていますので」

「そうですか。それはよかった」

喜多左衛門が濡縁に腰かける。

「お知佳さんも座りませんか」

自分の横を示す。お知佳はためらった。

「わしがいるから、誰も怠けているとは思わない。大丈夫ですよ」

お知佳は廊下に正座した。

「大丈夫かな、足は痛くないですか」

「はい、大丈夫です」

「あまり長いこと話をしないほうがいいですね。お知佳さん、足がしびれて立ちあがれなくなってしまうかもしれないから」

お知佳の口から、ふふ、と笑いがこぼれた。

「いい笑顔をされますね」

喜多左衛門が穏やかな瞳を向けてきた。

「御牧さまに連れられてきたときに本当はおききしたかったのですが、御牧さまとはどのような関係ですか」

どう説明すればいいのか、お知佳は考えた。その沈黙を、喜多左衛門は別の意味に取ったようだ。

「いいたくないのならけっこうですよ」

「そういうわけではないのですけど」

お知佳はかいつまんで話した。

大川《おおかわ》に身投げをしようとしていたところをある町人に救われ、その町人が懇意《こんい》にしていた丈右衛門によって、今の長屋に住むことになった。その後、婚家に戻ったが、今度は夫が昔の罪でお縄になり、出身地の陸奥《むつ》に送られ、そちらで死罪になった。

「身寄りをなくした私を憐れみ、丈右衛門さまがこちらを紹介してくださったのです」

「なるほど、そういうことでしたか」

喜多左衛門がしみじみとした目を向けてきた。

「若いのに、苦労しているんですなあ」

「苦労したという気はありません」それに、もうそんなに若くはありません」

「そんなことはありませんな。手前などにくらべたら、孫も同然ですよ」

「あの、旦那さまはおいくつですか」

「来年、古稀《こき》です。

「お若いですね」

お知佳は世辞でなくいった。

その気持ちはしっかりと伝わったようで、喜多左衛門が顔をほころばせる。そのあたりの表情は、隠居を考えている好々爺《こうこうや》そのものだ。

「旦那さまは、どういうふうに丈右衛門さまと親しくなられたのですか」

「ある事件がきっかけだったのですよ」

「どんな事件だったのか、おききしてもよろしいですか」

「もちろんですよ」

喜多左衛門が語りだす。

十五年ほど前のことだ。その頃、丈右衛門は路上で追いはぎ強盗を繰り返していた男を追っていた。

男は追いはぎだけでなく、人殺しまで犯した。丈右衛門は必死になって探索したがとらえられず、男は二人目の殺人を行った。

その頃には、下手人は上州の出であることがわかっていた。上州でも人を殺し、江戸に出てきたのだ。

その後、丈右衛門の探索は進み、下手人は才田屋の若い奉公人とよく会っているのが判明した。奉公人は下手人と幼なじみで、外まわりに出るたびに下手人と会い、金をやったりしていたのだ。

丈右衛門は、外まわりに出た奉公人のあとをつけ、下手人捕縛につなげた。

その後はいかにも丈右衛門らしかった。金などを与えていた奉公人の罪は問わず、むしろ下手人をとらえることに力を貸したことにして、すべてを不問に付してくれたのだ。

喜多左衛門は、その奉公人を上州にすぐに帰した。奉公人は丈右衛門によって命拾いをしたのだ。本来なら、強盗犯の逃亡を助けた者は死罪と決まっているからだ。

「命拾いをしたのは奉公人だけではありません。手前どももです」

どういうことかお知佳は解したが、黙って喜多左衛門が話すのにまかせた。

「縄つきをだすということになれば、店のほうも無事ではすまされません。おそらく、上州に引きあげるしかなかったでしょう。すると、今こうして手前とお知佳さんは話してはいないということになります」

「今、その奉公人の方は」

「本店で働いています」

「よかったですね」

「本当に。情の厚い男で、いくら悪いことをしているといっても、幼なじみの窮状を見すごしにはできなかったようです。そのことは、丈右衛門さまも見抜いておられたようですが」

喜多左衛門が一人うなずく。

「それからですよ、丈右衛門さまと親しいおつき合いをするようになったのは」

お知佳を才田屋に連れてくる前、丈右衛門は何軒かの商家を訪れた。

あの商家も、丈右衛門の恩を同じように受けているのだろうか。

二

賭場での借金をなんとかしたい。しなければならない。

雅吉はどうすればいいか、悩んでいる。

材木や建具、表具、畳など仕入れの金は、施主からすでにもらっている。三十両だ。それは今、手元にある。

さすがに迷う。これにまで手をつけていいのか。もしこの金がなくなったら、隠居所を建てることはできなくなる。

だが、賭場の借金をこのままにもしておけない。

どうする。どうする。

雅吉は迷いながら、その日一日仕事をした。多摩造と泰吉に顔色の悪さをいわれた。

「風邪でも引いてるんじゃないですかい」

「俺は風邪なんかずっと引いてないよ」

それは嘘ではない。体だけは大工にふさわしく頑健なのだ。

「さいでしたね」

多摩造が思いだしたようにうなずく。

「棟梁はこんなちっちゃな頃から、滅多に風邪なんか引かなかった」

ちっちゃな頃か、と雅吉は思った。あの頃に戻れたらどんなにいいだろう。博打などに決してはまらないようにするのに。

仕事を終えた雅吉は、風に夜のにおいを嗅いだ。その途端、心は決まった。

よし、取り返してやろう。今夜こそはきっと勝って、これまでの借金をちゃらにしてやる。

雅吉は一人、夜の道を歩いた。決意して家を出てきたはいいものの、やはり迷いが生じている。

この金に、と雅吉は懐に触れた。手をつけちまったら、俺は大工として終わりだ。もし負けたら、どうなってしまうのだろう。

隠居所の代金をだまし取ったとしてつかまるかもしれない。

どうする。引き返すか。今ならまだ引き返せる。

引き返すだと。借金はどうするんだ。

二つの気持ちがせめぎ合って、雅吉は立ちどまった。

風に提灯が揺れている。今の自分がそのままあらわれている。

ここまで来たんだ、行くしかない。賭場まであと二町ほどだ。

雅吉は胸を押さえ、大きく息を吸った。

歩きだしたが、足は重いままだ。酔っ払って肩を組んだ二人組に追い越された。

二人の背中が遠ざかってゆく。やがて角を折れたらしく、見えなくなった。

いつしか雅吉は立ちどまっていた。やはり引き返そう。こんなこと、してちゃ駄目だ。

雅吉はきびすを返しかけた。だが、と唇を噛《か》んだ。借金を返さなければ。それには勝つしかない。

そうだ、今日こそ勝てる。今まで負け続けていたほうが不思議なんだ。きっと風向きが変わる。

よし、行くぞ。雅吉は提灯を掲げ、暗い道の先を見つめた。

賭場のある寺に着いた。山門の前にやくざ者が数名、たむろしている。相変わらず目つきが悪い。

「雅吉さん、いらっしゃい」

一人が薄ら笑いを浮かべていう。今日も負けに来たのか、と馬鹿にされているような気分になった。

「お足はあるのかい。もうこれ以上貸せないと思うぜ」

「持ってきてる」

「見せてもらっていいかい」

雅吉は懐から財布を取りだし、十五両を見せた。やくざ者が目をみはる。

「持ってるねえ」

雅吉が持ってきたのは、施主から先払いしてもらった半金だ。全額の三十両を持ってゆくことも考えたが、それは無理だった。

もし今夜しくじったとしても、まだ半分残っている。逃げの気持ちそのものであるのは、雅吉にもわかっていた。

今夜どんな結果が待っているか、そのことですでに見えている気がする。

賭場は熱気が渦巻いていた。客は本堂にびっしりと入っている。三十人は優にいるだろう。全員が勝負に熱中しているわけではなく、親しい者同士、目の前で繰り広げられる勝負を眺めながら酒を飲んでいる者もいる。

そういう者はいかにも裕福な感じがする男たちで、どこかの商家のあるじや隠居たちだろう。上等の酒もやくざ者の一家が用意したものだ。上客は飲み放題、ということになっている。

雅吉も借金がなかった頃、酒はいくらでも飲めた。今は、金を返してからにしておくんなさい、と断られる。

「雅吉さん、入りますかい」

やくざ者の一人に声をかけられた。

「けっこうなお足を持ってきたそうじゃないですか。それとも、借金を返すほうにまわしますかい」

「あの、借金は今いくらですか」

「いくらかなあ。まあ、そんなのはどうでもいいんじゃないですかい。今日はきっと勝てるから、借金も返せますよ」

「そうですよね」

やくざ者の言葉に、雅吉は勢いこんだ。

だが、待っていたのは負けだった。十五両はあっさりと消えた。

そんな馬鹿な。きっと勝てるっていうから勝負したのに。返してほしい。

だが、そんなことをいったところで決して金は戻ってこない。

「雅吉さんよ、借金はいつ返してくれるんだい」

背中に声がかかる。振り返ると、さっき、きっと勝てるよ、といった男が立っていた。

「あの、いくらになったんです」

「利もついて、ちょうど四十両だな」

そんなにあるのか。足が震える。いつの間に俺はそんな借金を負っちまったんだろう。

「わかりました。近日中にお返しします」

意外に平静に声が出た。

「近日中というと」

男は粘っこい目をしている。

「あの、五日もらえませんか」

「五日か。いいですよ。その分、また利がついちまいますけど、それは雅吉さんも承知・

の上ですよね」

　賭場を出て、夜道を歩きはじめても、心は後悔のみが占めている。四十両なんて、俺はとんでもないことをしちまった。

　まっすぐ家に帰る気はしなかった。目についた煮売り酒屋の暖簾を払う。

　どのくらい煮売り酒屋にいたのか。座敷に一人、ぽつんと座りこんでいた。

　先ほどまでまわりはけっこうな人だったのだ。空《から》のちろりがいくつか目の前にある。かなり飲んだようで、体をまっすぐにしていられない。

「お客さん、もう看板なんですが」

　店主らしい男にいわれた。

「ああ、すまなかったね」

　ろれつのまわらない声でいい、店主のいう額を払うために雅吉は懐に手を差し入れた。ふと手がとまる。

　足りなかった。

「あの、すみません」

　雅吉は正直に告げるしかなかった。

「まったくもう、しようがねえなあ」

　店主が渋面をつくる。

「いくらあるの」

雅吉は口にした。

「じゃあ、それだけでいいよ」

雅吉は、すみません、と何度もいった。逃げるようにその店を出た。

いったいどうしてしまったのか。

さくらは心配でならない。兄はまるで人が変わってしまったようだ。

今日、さくらは隠居所を建てている兄たちのもとにいつものように昼飯を届けに行った。

兄は一所懸命仕事をしていた。

だが、顔に刻まれた苦しみの影は隠しようもなかった。昨夜の深酒によるふつか酔いのせいでは決してない。

一心不乱に働いているように見えるのは、そうすることで目の前の苦しみを忘れようとしているかのようだ。

いったい兄になにがあったのか。さくらは知りたくてならない。

たった二人の兄妹だ。歳は三つちがい。父が死んで二年、父の腕のよさは兄にしっかり伝わっている。

だが、今はその腕が仕事に生かされていない気がする。

昨夜だってあんなに酔って帰ってきて。そんなに飲めはしないのに。

父は酒に強かった。ただ、酒のせいで早死にした。

とにかく兄ちゃんに問いたださなければ、とさくらは思った。なにかあって思い悩んでいるに決まっているのだ。

兄ちゃんは、私が守ってやらなければ駄目なのだ。

子供の頃、近所の子供にいじめられたときも私が守った。祭りで迷子になったときも私が見つけた。遊び場の原っぱで穴に落ちこみ、姿が見えなくなったときも私が捜した。川で溺《おぼ》れたときも私が救った。

隠居所の普請場から、さくらは戻りはじめた。

少しぼんやりとしていたようだ。知らず永代橋《えいたいばし》に出ていた。

大川を吹きあがってくる風が、とても気持ちよかった。

三

「今日は涼しくていいな」

文之介はうしろを歩く勇七に声をかけた。

「まあ、そうですね。曇ってますから」

「それにしても、お日さまっていうのはすごいよな。晴れたら晴れたでいやになるほど暑いけれど、雲に隠れちまえばこんなに涼しくなっちまうんだから」

「ほんと偉大ですよ。お日さまがなければ、作物は育たないですし。――でも旦那《だんな》、こんなにのんびりしてていいんですかい。いくら盗賊をつかまえたっていったって、ただ町をめぐり歩いているだけだなんて」

「本来の仕事に戻っただけさ。定町廻り同心の仕事は、町々が平穏かどうか確かめることだ。罪を犯した者どもの捕縛も大事な仕事だけれど、俺は町人たちの笑顔を見ていられれば、それだけで幸せだなあ」

「ほんと、幸せそうですねえ」

勇七が目を細めて文之介を見ている。

「勇七、小腹が空《す》かねえか」

「小腹どころか、じき九つでしょうから、昼餉にしてもいい刻限ですよ」

「なに、もうそんなになるのか」

文之介は驚いた。

「町人たちの笑顔を見るのに一所懸命になりすぎたな。勇七、どこかで飯にするか」

「いいですよ。なにが食べたいんです」

「なんでもいいけど、この時季っていうと、なんの魚がうまいんだ」

「鯵《あじ》でしょうか」

「うまい鯵を食わせてくれる店、知っているか」

「ありますよ。ここからだと、永代橋を戻らなきゃいけないんですけど」

文之介たちがいるのは、大川そばの深川佐賀町《ふかがわさがちょう》だ。

「かまわねえよ。行こう」

文之介と勇七は橋を渡りはじめた。

「なんだ、ありゃ」

文之介は目をとめた。橋のまんなかに人垣ができている。女らしい悲鳴があがり、そのたびに人垣が左右に揺れている。

文之介と勇七は駆けつけた。

「どうした、なにがあった」

人垣の一番うしろの男にきいた。

「見えねえから、わからねえよ」

ちらりと顔を向けた男が文之介の黒羽織に気づく。

「これは失礼しました」

文之介はにっと笑って、男があけた場所に体を入れた。

「通してくれねえか」

勇七が人垣を割り、文之介はそのあとをついていった。

人垣の一番前に出た。おっ、と文之介は目をみはった。

抜き身を手にした侍が、もう一人の侍を追いかけている。女の悲鳴と思ったのは、追われている侍の発したものだったようだ。

刀を手にした侍は昼間から酔っているらしく、足取りはふらふらしている。両者とも、国元から出てきた勤番《きんばん》侍のようだ。

しかし酔っているほうの侍の腕はいい。あれでしらふだったら、もう一人はとっくに斬《き》られているだろう。

放ってはおけんな、と文之介は思ったが、酔っているとはいえあれだけの手練《てだれ》を相手にするのはぞっとしない。

しかし躊躇《ちゅうちょ》はしていられなかった。

「お助けを」

追いかけられている侍が文之介に気づき、うしろにまわりこんできた。すがりつく。

「放してください」

文之介はいったが、おびえきった侍は文之介の声が耳に入っていない。肩先から血を流していた。

「旦那、危ない」

勇七が叫ぶ。文之介は、酔った侍に目を向けた。

ぶん、とうなりをあげて刀が落ちてきた。うしろにいる侍を狙っているのはわかったが、このままでは自分もやられてしまう。

文之介はかろうじて刀をかいくぐった。猛烈な風が耳元を通りすぎていった。

文之介は肝を冷やした。うしろの侍は文之介にすがりついたままだ。

「きさま、役人のようだな」

酔った侍が眼前に立ちはだかる。

「かばい立てをするのか」

「かばい立てという気はないが、見すごしにはできん」

文之介は、侍とまともに向き合った。

やはり遣《つか》い手《て》だ。しかも長身で、文之介は自然見あげる格好になった。全身を圧《お》される感じがする。

勇七が文之介の前に出ようとする。

「勇七」

文之介はとめた。いくらすばらしい捕縄術があっても、この遣い手相手ではほとんど意味はない。

俺が危なくなったら、捕縄をつかってくれ、と目で頼む。勇七がうなずいた。

文之介は、刀を正眼《せいがん》に構え直した侍に視線を当てた。

「どうして昼間っから刀を振りまわしている」

「妻を寝取られたからよ」

「冗談ではない」

うしろの侍が声をあげる。

「それがしは、一度立ち話をしたことがあるだけだ」

「馬鹿をいうな」

侍がにらみつけてくる。

「何度も寝ただろうが」

「そんなことはない。俺が明世《あきよ》どのとそんなふうになるわけないだろう。本当だ。信じてくれ」

必死にいい募る。

「明世は白状したぞ」

「そんな馬鹿な。どうしてそんなことになるんだ」

侍はほとんど呆然《ぼうぜん》としている。

「太田《おおた》、夢でも見たのではないか」

「市川《いちかわ》、あれが夢だったら、俺はどんなにいいかと思うぞ」

侍が文之介を見おろした。

「どけ」

文之介は静かにかぶりを振った。

「そういうわけにはいかん」

「ならば」

侍の酔眼が、油でも流したような鈍い光を帯びた。

「きさまから血祭りにあげてやる」

文之介はやむを得ず、長脇差《ながわきざし》を引き抜いた。

野次馬から、おう、という声があがった。人垣はさらに厚くなり、本物の斬り合いを目《ま》の当たりにできることに、誰もが興奮を隠せずにいる。

長脇差を構えた文之介は、目の前の侍をあらためて見つめた。

ため息が出る。見れば見るほど遣い手だ。これだけすごいのには、久しく会っていない。

こりゃ死ぬかもしれんな。

いや、こんなところで死んでたまるか。これからしたいことが一杯あるんだ。

それに、俺にだって実戦の経験はある。これ以上にすごいのとだって、戦ってきたではないか。

何人かの男の顔が脳裏をよぎる。いずれもすばらしい遣い手だった。

その男たちの顔が消え去り、代わって出てきたのはお春だった。

文之介は、ほっとしたものを感じた。体から力が抜ける。戦う姿勢を失ったのではなく、力みがなくなったのだ。

お春、ありがとう。でも頼む、俺を守ってくれよ。

「行くぞ」

赤ら顔になった侍が怒鳴り、ぐいっと上段に刀を振りあげた。まるで棍棒《こんぼう》を手にした赤鬼だ。

どうりゃ。刀が振りおろされる。

ここで避けたらうしろの侍が斬られる。文之介は動かず、長脇差を刀にぶつけていった。

がきん、と音がし、骨が折れたのでは、という衝撃が腕を走り抜け、がくんと膝が折れた。腰の骨が押し潰《つぶ》されたのでは、と思うほどのしびれが足裏にまで達した。

「きさまっ」

まさか、町方役人風情に受けられるとは考えていなかったらしい侍が激怒した。

「本当に殺してやる」

侍が袈裟《けさ》に振りおろしてきた。文之介は打ち払った。侍は力が入りすぎていて、斬撃《ざんげき》がわずかに鈍くなっている。

ふらつきつつも侍は、胴に袈裟に逆胴《ぎゃくどう》にと刀を繰りだしてきた。

文之介はすべてを弾《はじ》き返し、打ち返した。鉄が鳴る音がするたびに、おう、とか、わあ、といった声が野次馬から漏れる。

「きさまっ」

侍が怒りにまかせて、上段に刀を振りあげた。

大きな隙《すき》が見えた。文之介は、ここだ、と鋭く踏みこみ、腹に長脇差を叩きこんだ。重い手応《てごた》えがあった。ぐむう、と息がつまった声。

「きさまぁ……」

なおも刀をかざし、振りおろそうとする。侍の充血した目から戦意は失われていない。

文之介は仕方なく、腹にもう一発、見舞った。

うう、とうめいて、侍が橋の上に両膝をついた。刀を放り捨て、腹を押さえてごろりと横になった。口から泡を吹いている。気絶していた。

終わった。文之介は大きな息をついた。全身から汗が噴きだしてきた。ふいごのような荒い息がおさまらない。

正直、怖かった。実戦には、いつまでたっても慣れることがない。

あたりがずいぶんと静かに感じられた。耳がきこえなくなったかのようだ。

その静寂が、うおーという歓声で破られた。やったー、お見事、さすがだねえ、千両役者っ、などと声がかけられる。

さっきまで感じていた恐怖は、野次馬の歓声によって吹き飛ばされた。長脇差を鞘《さや》におさめた文之介は落ちている侍の刀を手にし、あいた片手をあげて歓声に応えた。

いい気分だった。まるで二枚目の役者にでもなったようだ。

男たちだけでなく、若い娘らしいやわらかな視線も感じたような気がし、おっ、と思って文之介はそちらに目をやろうとした。

「旦那、怪我《けが》はありませんか」

勇七が文之介の全身に目を走らせる。

「ああ、見ての通りさ。どこもやられてねえよ」

勇七が侍の刀を預かる。

文之介のうしろに隠れていた市川という侍が、どうもありがとうございました、と礼をいった。

「いや、いいってことです」

文之介は鷹揚に答えた。

「あの、お名は。見たところ、お役人のようですが」

市川がたずねる。

「名乗るほどの者ではありませんよ」

「是非ともお教えくだされ」

ここまでいわれては断れず、文之介は名乗った。そんなに大きな声をだしたわけではないが、野次馬にも届いたようで、御牧さまっていうんだってよ、という波のようなざわめきが起きた。

「御牧文之介どのですか」

市川が深々と腰を折る。

「命の恩人です。いずれお礼をしたいと思います」

「当然のことをしたまでです。礼などいりませんよ」

文之介は、橋を小走りに駆けてくる男たちに目を向けた。

やってきたのは、深川佐賀町の町役人たちだ。小者も何人か連れてきている。

「お怪我はございませんか」

年かさの町役人がきいてきた。

「ああ、大丈夫だ」

文之介は、横たわったままの侍に目を転じた。

侍はすでに目覚めてはいるものの、まだ苦しそうで立ちあがれない。

「この侍、番所に引っぱっていってくれ」

文之介がいうと、町役人たちが小腰をかがめた。

「承知いたしました」

小者たちが縛めをかけ、侍を立ちあがらせた。

首を振って歩きだした侍が、ちらりと文之介を見る。その瞳には、これで終わりと思うなよ、と記されている気がした。

市川という侍があらためて文之介に礼をいってから、そのあとについてゆく。肩の血はとまったようだが、まだ恐怖は去っていないようで、こわごわといった感じだ。

「市川さん」

文之介は背中に呼びかけた。市川が振り向く。

「不義は本当にしていないんですね」

市川は明らかにどきりとした。

「えっ、ええ、当然です。――ではこれにて失礼いたします」

市川がそそくさと去っていく。

「あの太田とかいうお侍、これからどうなるんですかい」

勇七がだいぶ遠くなった姿を見つめて、きく。

「上屋敷に知らせがいき、身柄を拘束されるんだろう。切腹もあるかもしれんな」

「えっ、そうなんですか」

「侍は名誉を重んずる建前になっているから、酔って同僚を斬ろうとしたなどというのは、まずかろうさ。多くの者が目の当たりにしたし、町方の俺まで斬ろうとした。俺は家中《かちゅう》に呼ばれるかもしれんな」

「でも旦那、さっきの様子からすると、あの市川という侍、不義をやらかしてますね」

「だろうな。となると、お互いさまってことで、太田は切腹はまぬがれるかもしれねえな」

「太田ってあの侍、怖い目で見てましたね」

「ああ、しらふのときに決着をつけてやる、という顔だった」

「大丈夫ですかい、旦那」

「大丈夫だろ、やられはしねえよ」

そんなことを考えられるのも、生きているからだった。こうして勇七と話ができるのがうれしかった。

これも、と文之介は空を見あげた。お春のおかげだ。

四

衝立《ついたて》で仕切られた隣から、小さく声が漏れてくる。

雅吉は杯を持つ手をとめ、きき耳を立てた。確かに今、三日で倍、というふうにきこえたのだ。

なんの話だろう。儲《もう》け話以外、考えられない。ひそひそ声で話をしているのは、雅吉のすぐあとに入ってきた三人組の客だ。

雅吉は今、一軒の煮売り酒屋の座敷にあがりこみ、昼間から酒を飲んでいた。仕事をする気にどうしてもなれなかったのだ。

「おい、本当かよ。本当に三日で倍になったのかい」

一人がちがう一人にきく。それは雅吉も同じだった。そんなにうまい話があるはずがない。

「ああ、そうさ、三日で倍さ」

「いくらがいくらになったんだ」

「二十五両が五十両さ」

「俺はそこまでお足がなかったが、それでもかき集めて十五両が三十両になったぜ」

「ほんとかよ」

男はなおも疑っている。

「どういうからくりなんだい」

「教えてほしいか」

「もったいつけんなよ」

二人の男は話そうとしない。酒をすする音がきこえてきた。

「杯なんてとっとと置いて、はやく教えてくれよ」

雅吉は、俺が声をだしたのか、と思った。三人のうちの一人であるのがわかり、ほっとした。

「声が高い。ほかの者にきかれたらどうするんだ」

一人が、衝立越しに首をのばしてきた。

雅吉はなにげなさを装い、酒をちびりと飲み、鰺の叩きをつまんだ。

「上方の銀づかい、江戸の金づかい、というのをきいたことがあるだろう」

男が話しだした。

「ああ、ある」

雅吉もある。

「そのことが関係しているのか」

「そういうこった」

「どんな仕組だい」

「詳しいことは俺だって明かしちゃもらえねえが、とにかく相場のちがいを利用するのは確かのようだな」

「相場のちがいねえ。そんなので本当に儲けられるのか」

男が声をだして笑ったようだ。

「儲けられるのさ。濡れ手で粟《あわ》、というのはまさにこれだぜ。迷っている暇なんてねえ。有り金かき集めて、俺に預けねえ」

「本当に大丈夫なのかい」

「大丈夫だって。仮に万が一しくじっても、元金は戻ってくる」

「えっ、元金は返ってくるのか」

「そういうこった。つまり損することはねえってことさ」

もう一人が口をひらく。

「どうするんだ。乗るのか乗らねえのか」

雅吉は立ちあがって衝立をまわりこみ、男たちのあいだに割りこんだ。

「乗った」

「なんだい、あんた」

三人は面食らっている。

「その話、あっしが乗らせてもらってかまいませんかい」

男たちは眉《まゆ》をひそめた。しかし、雅吉はそんなことにかまってはいられない。

「どうかお願いします」

畳に額をこすりつけた。

「そういわれてもなあ。あんた、今の話、きいちまったんかい」

雅吉は顔をあげた。

「きこえてきたんです」

「あれ、おめえさん、どこかで会ったことがあるなあ」

一人がいい、雅吉の顔をのぞきこむ。

「どこだったかな」

雅吉も見返した。見覚えのない顔だ。はじめて会ったように思える。

「ああ、そうだ。賭場だ」

「えっ、そうなんですかい」

男がにやりと笑う。

「そういやあ、あんた、派手な負けっぷりだな」

「いや、その……」

「なるほど、賭場に借金があるんだな」

「いくらだい」

ちがう男がきいてきた。

さすがに答えにくい。

「いいたくなきゃ、いわなくてもいいんだけどよ」

「――四十両ばかりです」

「そいつぁ、また豪気《ごうき》だな。焦る気持ちはわかるぜ」

男がもう一人の男を見る。

「どうだい、俺は話に乗らせてやってもいいと思うんだが」

「俺もかまわんよ。なんといっても博打仲間だ」

「ありがとうございます」

雅吉は深く頭を下げた。救われた思いだった。妹に川から助けだされたとき味わったのと同じ気分だ。

あのときはうれしかった。大横川に架かる扇橋《おうぎはし》の欄干《らんかん》から身を乗りだして流れを眺めているとき、なんの拍子か足が滑り、雅吉は真っ逆さまに落ちたのだ。

流れはほとんどないが、川は深く、泳げないこともあって雅吉は溺れた。もがけばもがくほど着物が体に絡みつき、沈んでゆく感じだった。

それがどういう加減か、いきなり体が持ちあがった。

「しっかりして、お兄ちゃん」

さくらだった。必死に体を支えてくれている。

その後、通りかかった舟に二人は助けあげられたのだ。

舟に担ぎあげられたとき、雅吉は生きているのが信じられなかった。

今もこんな幸運にめぐり会えたことが信じられない。

「ところであんた、名は」

雅吉は名乗った。

「雅吉さんかい。いい物、見せてやろうか」

男がにやりと笑い、懐から包み金を二つ取りだした。

「最初は一つしかなかった。三日後に二つになったんだぜ。信じられなかったよ」

男は大事そうに二つの包み金を懐にしまいこんだ。

「雅吉さん、いくら用意できるんだい」

「十五両です」

施主から預かった残りの金をつぎこむつもりだった。

「今、持っているのかい」

「いや、家です」

「それじゃあ駄目だな」

「えっ、なぜです」

「あと四半刻《しはんとき》ほどで、その儲け話の店が締めきっちまうんだよ」

今から家に帰って間に合うだろうか。いや、四半刻では無理だ。

「一つ手がある」

男が思わせぶりにいう。

「なんです」

「金貸しに金を借りるんだ」

「金貸しですか。利が高いんじゃないんですか」

「そりゃあ高いさ。ろくに身元を確かめもしねえで、貸してくれるからな」

「利はどのくらいですか」

雅吉は早口になった。こうしているあいだにも、締めきりの刻限は近づいている。

「十日で二割だ」

いわゆる十一《といち》の倍だ。しかしどんなに高利でも、三日後に倍になって返ってくるのだから、借りない手はない。

「紹介してください」

「よし、決まりだな。行こう」

煮売り酒屋の代は一人の男がもってくれた。

「ありがとうございます」

「いいってことよ」

連れていかれたのは、近くの利根田屋《とねだ》という金貸しだった。

「雅吉さん、いくら借りる」

男がきく。

「そうですねえ。四十両、お願いします」

八十両になって返ってくれば、十分だ。

だが雅吉が手にしたのは、三十二両だった。十日分の利は先払い、ということだ。

こういう仕組なのか、とこれまで金を借りたことがない雅吉ははじめて知った。

「よし、じゃあ店へ行こう」

雅吉は三人の男に取り囲まれるようにして、歩いた。逃げださないようにされているかのようだ。

雅吉の不審な目に気づいたのか、一人が笑いかけてきた。

「大金を持っているだろう。ここで取られちゃならねえからさ」

そういうことか、と雅吉は納得した。

「ここだ」

連れてこられたのは、江戸六地蔵《ろくじぞう》の五番目として知られている霊巌寺《れいがんじ》の近くだった。寺に囲まれた一角で、どことなく日の射しこみにくい暗さを感じた。線香のにおいが強い。

町屋にはさまれ、店らしい建物がある。だが、戸は閉めきられていた。

「閉まってますね」

「いつもこうなんだよ」

男が戸を叩く。すぐに中から応えがあり、どちらさまですか、と男の声がきいてきた。

「俺だ。甚太郎《じんたろう》だよ」

戸があき、甚太郎と名乗った男は招き入れられた。雅吉も続いて入る。残りの二人が足を踏み入れると、戸はすぐさま閉じられた。

煌々《こうこう》とした明かりの下、十名ほどの男が土間に立っている。立ったまま全員が算盤《そろばん》を弾き、帳面になにかを書きつけている。怒鳴り合うかのような激しい応酬がある。誰もが真剣な顔だ。鬼の形相《ぎょうそう》といっていい。

「どうだい、すごいだろう」

甚太郎にきかれた。

「ええ、本当に」

雅吉は圧倒され、息をのむしかなかった。まさに賭場と同様の熱気だ。

「甚太郎さん、そちらは」

算盤を持つ手をとめ、一人の男が歩み寄ってきた。

甚太郎が雅吉のことを手ばやく説明した。

「さようですか」

男は一瞬、渋い顔をしたように見えた。断られるのでは、と雅吉はおびえた。

「甚太郎さんの紹介では、しようがないですね。わかりました。一名追加、ということですね」

「助かるよ、恩に着る」

「でも甚太郎さん、こういうことはこれっきりにしてくださいよ」

「ああ、わかってる。そんなに怖い顔、しないでくれ。雅吉さんがびっくりしてるじゃないか」

「申しわけない」

男が笑い、柔和な瞳を向けてきた。雅吉はほっとした。

「それで雅吉さん、いくら預けたいんです」

「こいつです」

雅吉は手ふきの包みを渡した。男が、失礼しますよ、と手ふきをひらく。慣れた手つきで金を数える。

「三十二両ですね」

「そうです」

「手数料として二両必要ですが、かまいませんか」

また取られるのか、と雅吉は思った。なにもしないで十両が消えることになる。

だが、と思った。どうせ残りの三十両は三日後に倍になって戻ってくるのだ。

「かまいません」

「わかりました。お預かりします」

男は懐から一枚の紙を取りだし、さらさらと書きつけた。

「こちらに雅吉さんの名と住まいを書いてください」

雅吉は筆を借り、いわれた通りにした。

「では、こちらが預かり証です。三日後にいらして、これを提示してくだされば、お金を受け取れます」

「ありがとうございます」

雅吉は後生大事に手に取り、懐にしまい入れた。

「これで取引成立だ」

甚太郎がにんまりと笑った。

「三日後を楽しみにしておくんだな」

五

「父上」

文之介は朝餉を食べながら、丈右衛門に呼びかけた。

「もうお加減はよろしいのですね」

「ああ、本復した」

丈右衛門はふつうに飯を食べられるようになっている。

文之介はにんまりと笑った。

「なんだ、その顔は」

「お知佳さんに看病してもらえると、治りがはやいですか」

「まあな」

「否定されないんですね」

「ああ」

丈右衛門が見つめてきた。

「今朝はどうした。ずいぶんのんびりしているではないか」

「非番なんです」

「そうだったか。文之介、なにをしてすごすつもりだ」

「午前は久方ぶりに道場に行ってみるつもりです。鍛えておかないと、やはりまずいですからね」

「まあ、がんばってこい」

永代橋での勤番侍との戦いは、さすがにこたえた。あのとき、もっとやっておこう、と肝に銘じたのだ。

朝餉を食べ終え、文之介は屋敷を出た。

のんびりできるのはいいことだ。もう刻限は五つ半をすぎている。組屋敷内の者はほとんどが出仕しており、人影はまばらだった。

梅雨が明けて、夏色の空が頭上を覆っている。暑い。こうして歩いているだけで、汗がだくだくとわき出てくる。

この分では、道場に着いたらまず庭で水浴びをしなければならないかもしれない。

永島町《ながしまちょう》にある坂崎《さかざき》道場は盛況だった。激しく打ち合う竹刀《しない》の音と門弟たちの発するすさまじい気合が、雷鳴のように響いてくる。

道場に来るのは久しぶりだ。これだけの熱気のなかにすぐさま溶けこめるものか、文之介には少し不安があった。

訪《おとな》いを入れると、道場に通された。

なかはさすがに暑かった。三十名ほどが暑さなどものともせず、稽古《けいこ》に励んでいる。汗くささと男くささが充満していた。

この道場には奉行所の子弟が多い。北町、南町関係なく通ってきている。

「よお、文之介」

師範代の高田熊之丞《たかだくまのじよう》が声をかけてきた。

「訪いなんぞ入れず、昔のようにさっさと入ってくればいいじゃないか」

「これだけ足が遠のきますと、さすがに敷居が高く感じられます」

「文之介らしくない殊勝な言葉ではないか。役目柄、だいぶ鍛えられたようだな」

「そうかもしれないですね」

「文之介、俺とやってみるか」

「えっ、高田さんとですか」

「いやか」

「いや、ということはありませんが……」

「久しぶりの道場で、いきなり俺、というのはきついか」

正直その通りだ。荷が重い。

だが、考えてみれば、師範代自ら相手をしてくれるのなら、勘を取り戻すためにはこれ以上の相手はいないだろう。

それに、熊之丞と稽古ができるのであれば、この熱気にすんなりと入りこめるにちがいない。

「なんだ、やる気になったようだな」

「はい、よろしくお願いします」

文之介はさっそく稽古着に着替え、熊之丞と立ち合った。

若い門弟たちが稽古の手をとめ、見入っている。つい先日、文之介が府内を騒がしていた盗賊をとらえたのはすでに耳に入っている様子で、評判の同心がどの程度の腕前なのか、興味津々といった目つきだ。

「行くぞ」

竹刀を正眼に構えた熊之丞が宣し、ふっと体を沈みこませた。文之介が気づいたときには、竹刀が眼前に迫っていた。きえーという気合があとからきこえた。

一瞬、虚を衝かれたが、文之介は熊之丞の竹刀を弾きあげ、左にまわりこんで胴を狙った。

軽々と避けられたが、文之介は思いきり踏みこみ、片手での突きを狙った。熊之丞がかすかに驚いた表情を浮かべたが、竹刀ではねあげ、文之介のがら空きの胴に強烈な逆胴を打ちこんできた。

それを予測していた文之介はさっと後退し、熊之丞との距離を取った。

すばやく竹刀を引き戻した熊之丞は、だんと鋭い音を響かせて床板を蹴《け》った。体が再び沈みこみ、今度は胴を狙ってきた。文之介は竹刀でがっちり受けとめ、ぐっと力をこめるや熊之丞を押した。

熊之丞も押し返してきた。鍔《つば》迫《ぜ》り合《あ》いになる。熊之丞の顔が、文之介のやや上にある。体の大きさ、背丈の高さでは熊之丞のほうに分がある。

ぐいぐい押してくる熊之丞に負けず、文之介は押し返した。

熊之丞は落ち着き払っていたが、その表情が不思議そうなものに変わった。

文之介はさらに押し、熊之丞をほんの半歩、うしろに下がらせた。

熊之丞は、足が床板を滑ったのが信じられない、という顔だ。まわりの門弟たちからも、おう、と小さな声が漏れた。

熊之丞は顔を真っ赤にし、しゃにむに押してきた。しかし文之介は負けなかった。さらに腕に力をこめた。

熊之丞が一尺、二尺とうしろに滑ってゆく。体格でも力でもまさっていると自負していたはずの男にとって、相当の衝撃だったはずだ。

まわりから、おう、というどよめきがあがった。

文之介に門弟たちの顔を見る余裕はなかったが、熊之丞を押せるだけの力がいつの間にかついていたのはうれしかった。

押されるのに我慢がきかなくなった熊之丞が、横にずれる。

文之介はそれを待っていた。体をひねるようにして下から竹刀を振りあげる。

胴にきれいに決まったかに見えたが、そこはさすがに師範代で、熊之丞は竹刀で受けとめてみせた。

しかし、すでに体勢は崩れていた。文之介は獲物を狙う鷹《たか》のように襲いかかった。

胴、面、逆胴、小手。次々に竹刀を繰りだし、熊之丞に息つく暇を与えなかった。

防戦一方に追いこまれたものの、さすがに熊之丞で、文之介に一本は取らせなかった。

「そこまで」

横から声がかかり、文之介は竹刀をとめた。面のなかで熊之丞が助かったという顔をしたのが、はっきりと見えた。

文之介は声のしたほうに顔を向けた。立っていたのは、道場主の坂崎岩右衛門《いわえもん》だ。

「お師匠」

文之介は面を取り、頭を下げた。

「文之介、ずいぶんと成長したではないか」

うれしそうに笑っている。

「だいぶ実戦を経験したようだの」

「はい」

「先日もご活躍だったそうではないか」

「いえ、活躍といえるようなものではありません」

岩右衛門が、ふふ、と笑う。

「謙遜を覚えたようだな」

「それは前からです」

「ふむ、そういうことにしておこう。やはり文之介の素質はすばらしいの。本物の斬り合いを経て、開花しはじめているようだ。丈右衛門どのの跡取りでなかったら……」

道場主は熊之丞にちらりと目を向けた。熊之丞が恥じるように目を落とす。

しまった、と文之介は思った。そういえば、熊之丞は岩右衛門の娘婿としてこの道場に入ることになっているはずだ。

正式に決まったかは知らないが、やりすぎたのを文之介はさとった。すみませんでした、と謝るのも熊之丞を辱《はずかし》めるだけのような気がした。

「文之介、手合わせしてほしい者が何人もいるようだ。相手をしてやってくれんか」

熊之丞が笑っていう。文之介はその笑顔の裏になんのこだわりもないのがわかって、ほっとした。

「喜んで」

結局、五名の門人を相手にした。

屋敷への帰路、文之介はさすがに疲れを感じた。

すでに昼をまわり、腹が減っていた。太陽は頭上で、午前とはくらべものにならない強烈な熱を発している。

暑いのは好きとはいえ、文之介は耐えきれなくなり、腰にぶら下げた手ぬぐいで何度も汗をふきつつ、一膳飯屋を捜した。この暑いなか、空腹を抱えて歩くのは勘弁だった。

文之介は、焼き魚のにおいに気づいた。五間ほど先に、一見火事と見紛《みまが》うほどの煙がもくもくと路上に漂い出ている。

食い気をそそられた文之介は、煙を巻きこむようにして店に入った。

鰺の塩焼きに飯、味噌汁をもらい、腹を満たした。鰺は脂がのっており、美味だった。それよりも飯のほうにうまさを感じた。炊き方がいいのか、それとも米自体いいものをつかっているのか、粘りと甘さが格別だった。

うまかったよ、と小女《こおんな》にいって文之介は勘定を支払った。ありがとうございました、との声に送られて、縄暖簾を外に払う。

再び強烈な陽射しにさらされ、文之介は詮《せん》ないとわかっていながら、暑いなあ、と口にした。

少しふらふらしながら、屋敷に帰り着く。丈右衛門は出かけているらしく、姿は見えなかった。

文之介は庭の井戸で水をかぶり、そのあと風通しのいい座敷でしばらく眠った。夏の非番の大きな楽しみの一つだ。

どのくらい寝ていたのか、子供たちの呼ぶ声で目覚めた。

庭に出てみると、仙太《せんた》や次郎造《じろぞう》、寛助《かんすけ》、進吉《しんきち》などいつもの仲間たちが顔をそろえていた。全部で七人だ。

文之介は、ふわわ、と大あくびをして、縁側《えんがわ》に座りこんだ。

「おう、おめえら、こんなに暑いのに相変わらず元気だな」

「文之介の兄ちゃん、遊びに行こうよ」

仙太が誘う。

「今日、非番なんでしょ。どうせ暇なんでしょ」

「誘う女の人もいないんでしょ」

「その通りだよ。いなくて悪かったな」

「だから、おいらたちがその代わりに誘ってあげてんだよ」

「その心づかい、うれしくて涙が出るぜ」

「はやく行こうよ」

「おめえら、手習所《てならいじょ》はどうした」

「とっくに終わったよ」

「もう八つをすぎてるのか」

「夏の日は長いから、たっぷり遊んであげられるよ」

「ちょっと待て、仙太。遊んであげられるってのはどういう意味だ」

「言葉通りの意味だよ。はやく行こうよ」

文之介は子供たちに手を引かれるようにして、いつもの行徳河岸《ぎょうとくがし》北側の原っぱにやってきた。

「なにをして遊ぶんだ」

最初はかくれんぼだった。文之介が鬼で、子供たちが木々の陰や草むら、積んである木材の下などに隠れた。

広いがそんなに隠れるところがない場所で、文之介は次々に見つけていった。

次は鬼ごっこだった。この暑いなか、七人の子供をすべてとらえるのは至難の業だったが、文之介は汗だくになって全員をつかまえた。息が荒く、しばらく動けなかった。ばたりと土の上に横になる。陽射しがまともに顔に当たるが、息の苦しさにくらべればはるかにましだった。

「文之介の兄ちゃん、大丈夫」

子供たちの心配顔が並び、陽射しがさえぎられた。

「み、水をくれ」

文之介は手をのばした。

「そうだね、喉が渇いたね。——みんな、ちょっと待ってて」

仙太が次郎造とともに姿を消した。

「二人はどこに行ったんだ」

文之介は首だけを起こし、進吉にたずねた。

「近所の家に水をもらいに行ったんだよ」

「へえ、そうか」

文之介の息がようやく落ち着いた頃、二人は戻ってきた。竹筒を二本ずつ手にしている。

「はい、文之介の兄ちゃん、どうぞ」

仙太に手渡された。

「おう、こりゃ助かる」

文之介は喉を鳴らして飲んだ。生き返った気分だった。

「冷たくてうめえなあ。仙太、次郎造、ありがとな」

文之介に礼をいわれて、二人ともうれしそうだ。

文之介は竹筒を空にすることはせず、残りは子供たちに飲ませた。

「よし、これでしばらくは大丈夫だな」

文之介は子供たちを見渡した。

「次はなんだ」

「剣術ごっこだよ」

「よし、やるか」

仙太が用意した棒きれを文之介は手にした。

「文之介の兄ちゃん、一人ほしい」

「ほしいな。背中を守ってもらいてえ」

「誰がいいの」

「そうさな、進吉をくれ。進吉はいつもまじめに戦ってくれるから」

文之介は進吉を背中に貼りつけて、他の六人の子供たちの相手をはじめた。

さすがに六人もいれば、子供といえども手強かった。

ただ、目の前だけ注意していればいい、というのは楽でもあった。進吉は手抜きすることなく棒きれを振るっており、子供たちが文之介の背中を打つことを許さない。

ただ、子供たちは文之介を左側に動かそうとしていた。いったいどんな意図があるのか。

前は落とし穴が掘ってあり、そこに足を突っこんだことでこてんぱんにされた。

また落とし穴だろうか。だが、この子たちが同じ手をつかうだろうか。

どういう手をつかってくるのか、文之介は見たかった。よし、乗ってやろう。

文之介と進吉は、子供たちに押される形でじりじりと左に動いていった。

そこは原っぱの端で、さっきの鬼ごっこでは子供たちが逃げてこなかった場所だ。

ということはまた落とし穴なのか。

こいつら、俺をなめてるのか。同じ手に引っかかると思ってやがるのか。

文之介は地面の色が変わっているところに足を突っこまないよう、注意した。引っかかったふりをして落ちてもかまわなかったが、それだと子供たちがつまらないだろう。文之介としては本気でやって、負けたかった。

六人の子供は、暑さにへこたれることなく次から次へと棒を振ってくる。

文之介は打ち返し続けた。汗が目に入り、痛いくらいだ。さっき飲んだ水がすべて汗となって出ていってしまったようで、喉がまた渇いてきた。

こいつら、俺の疲れを待っているのか。だが、そんなのは知恵ではないし、仙太たちらしくない。

仙太が棒きれを振りあげて、躍りかかろうとした。その姿が急に消えた。

あっ。これには文之介のほうが驚いた。仙太は、自分たちで掘った落とし穴にはまったのだ。

「仙太っ、大丈夫か」

次郎造が穴をのぞきこむ。仙太は出てこない。

「どうした」

文之介も穴のなかを見た。けっこう深い。三尺近くあるのではないか。底で仙太がぐったりと横たわっている。

「おい、大丈夫か」

文之介は棒きれを捨て、穴に入りこんだ。仙太の頰を軽く張る。仙太は目を覚まさない。

まさか死んじまったのか。文之介は心の臓の音をきいた。

ほっとした。力強く打っている。気を失っているだけだ。

ここには置いておけず、文之介は仙太を外にだした。自分もあがろうとして、子供たちにずらりと取り囲まれていることに気づく。

——やられた。

そう思った瞬間、棒きれの雨が降ってきた。

顔と頭は打たないという約束を守り、子供たちは背中や腕を狙ってきた。

進吉はさすがにどうすることもできず、ただ見ているしかないようだ。

文之介は耐えきれず、もぐらのように穴の奥に引っこんだ。そこまでは棒きれも届かず、一安心だったが、そこからどうすればいいかわからない。

文之介はわめいたが、すでに負け犬の遠吠《とおぼ》えでしかない。ここは、素直に負けを認めるしかなかった。

「汚えぞ、おめえら」

「またおいらたちの勝ちだね」

仙太が誇らしげにいう。

「ああ、おめえらはほんとに頭がいいや。勝てねえよ」

「戦いの最中、どじを踏んだ敵の心配をするほうがどうかしてるんだよ」

「まったくだな。次からは、おめえらなんぞに憐れみはかけねえからな」

仙太がにんまりと笑う。

「文之介の兄ちゃんが、本当にそんなこと、できるのかな」

六

翌日、奉行所に出仕すると、席につく間もなく桑木又兵衛づきの小者に呼びとめられた。

「桑木さまがお呼びです」

文之介は小者とともに玄関を入り、与力番所に向かった。又兵衛の部屋の前に来て、小者が廊下に膝をつく。

「御牧さま、いらっしゃいました」

「入れ」

小者が襖をあけ、文之介は足を踏み入れた。背後で襖が閉まる。

「座れ」

又兵衛が自身の文机《ふづくえ》の前を示す。文之介は正座した。

又兵衛は厳しい顔をしている。こんな表情はこれまで見たことがない。

文之介は、桑木さまの逆鱗《げきりん》に触れるようなことをしでかしただろうか、と考えた。

なにも思い浮かばなかった。

又兵衛は厳しい顔を崩さなかった。こほん、と咳払《せきばら》いをして文之介に視線を当てる。

「ききたいことがある」

又兵衛には珍しい、重々しい口調だ。

「はい」

文之介は緊張して答えた。

「おまえ、金に困っているか」

思いがけない問いだ。

「困っているといえば困っていますが」

「借金でも」

「いえ、その手のものは一切ありません」

「まことだな。嘘はついておらんな」

「はい、ついておりません」

又兵衛が体から力を抜く。

「ま、文之介のことなど、はなから疑ってはおらんのだが」

独り言をつぶやくようにいった。

「疑う、といわれますと」

「気になるよな。——この前、おまえがとらえた盗賊だが」

「それがしだけでなく、勇七の力も大きかったのですが」

「二人でとらえた盗賊だが、金を長屋に残していた。存じておるな」

「はい。詳しい額までは存じませんが、相当の額だったとき及んでいます」

「五百五両だった」

文之介は目を丸くした。

「そんなにあったのですか」

「まあ、そうなんだが……」

又兵衛の言葉は歯切れが悪い。

「だが、それでは足りぬのだ」

「足りない。はて、どういう意味でございましょう」

「言葉通りの意味よ。もともと長屋に残されていた金は、五百五両ではなかったということだ」

「まことですか。しかし、どうしてそのことがわかったのです。善一郎がそう申したのですか」

「善一郎には、金を押収したことを話しておらぬ。むろん、知ってはいるだろうが」

「いったいいくら足りぬのです」

「三十五両ほどだ。――善一郎がとにかく遊びまわっていたのは、存じておるな。盗んだ金は思うがままに費消していたのかと思ったらそうではなく、あの男、意外に几帳《きちょう》面《めん》で、詳細がつづられた帳簿が見つかったのだ」

「帳簿ですか」

「その帳簿だが、盗みに入った商家から奪った金、つかった金、すべてが正確に記されていた。それによれば、本来なら五百四十両ほどが残されていなければならなかった」

「ということは――」

文之介ははっとした。

「誰かくすねた者がいる、と」

だからここに呼ばれたのだ。

「善一郎をとらえた日、金に触れることができた者は限られる。番所の金蔵から奪われたことはあり得ぬ。金蔵に入れられたとき、すでに金は五百五両しかなかった。文之介、おまえもあの日、長屋で金に触れることができた一人だ」

「確かにその通りですが、それがしは善一郎の長屋には行っておりません。善一郎を番所に引っ立てましたゆえ」

又兵衛が眉をひそめる。

「となると、残るは一人だな」

出仕した途端、吾市は又兵衛に呼ばれた。

まさか。いやな予感がした。逃げだしたい気持ちに駆られた。

「吾市、そこに座れ」

又兵衛の部屋に入ると、いきなりいわれた。吾市は又兵衛の文机の前に正座した。

厳しい表情の又兵衛に、いろいろきかれた。吾市は脂汗が出てきた。

まずい。まずいぞ。このままでは切腹だ。なんとかいい逃れなければ。

しかし、うまいいいわけなど出てこない。

「吾市、顔色が悪いな」

吾市は手ふきで顔の汗をふいた。汗はおびただしく、手ふきはすぐに吸わなくなった。

「吾市、おぬし、やったのか」

又兵衛に鋭くいわれた。

吾市はしらを切ろうとした。だが、又兵衛の細められた目にぶつかり、その気が失《う》せた。

「は、はい」

「申しわけございません」

吾市は認めた。認めざるを得なかった。

「いくら取った」

「三十五両です」

「やはりそうか。――なににつかった」

どうしようか。吾市は迷った。ここは正直にいうべきだろうか。

砂吉は心配でならない。

あるじの吾市はいやな男だが、ときにとてもやさしい。金離れも悪くない。

辟易《へきえき》させられることも多いが、だから中間をやめずにいるのだ。

それに、と砂吉は思う。俺があんなことをいわなければ、旦那が善一郎の金に手をつけるようなことはなかったはずなのだ。

どうしたらいい。どうすれば旦那を救えるだろう。

砂吉は必死に考えたが、いい考えは浮かばなかった。

そうだ、と思いつく。とりあえず金を取り戻さなければ。金を返しさえすれば、切腹なんてことにはなるまい。

砂吉は急いで霊巌寺そばの店に行った。

あれ。呆然とし、立ちすくんだ。

店がないのだ。建物はあることはあるのだが、もぬけの殻なのだ。

この前はまさに鉄火場のような雰囲気で、たくさんの人が明るい灯火の下、算盤を弾き、帳面にいろいろと書きつけていた。

あの光景は脳裏に刻みこまれているが、今は幻だったとしか思えない。これはどういうことなのか。

砂吉は狐《きつね》につままれた気分だ。

もしやだまされたのか。

でも、そんな。そんなことがあるのか。

だが、それしか考えられない。

「あれ、なんだ、店がねえぞ」

「あっ、ほんとだ。どういうことだい」

「なんだ、なにがあったんだ」

「嘘だろ」

同じようにだまされたらしい者たちが集まってきた。十人以上いる。皆、砂吉のように呆然としている。

「あんた、御番所の人じゃないかい」

中間姿に目を当て、砂吉にいってくる者がいた。

「どういうことなんだい。どうして御番所の人が来てるんだい」

「ちょっと人が集まってるから、寄ってみただけだ」

適当に口にして、砂吉はその場を離れた。

七

待ちに待った日だった。

雅吉はうきうきして、霊巌寺そばの店へ行った。預けた三十両が六十両になったはずなのだ。

気持ちが弾む。まるで胸に鞠《まり》でもしまいこんでいるかのようだ。

実際には、不安がないわけではなかった。これまでの三日、本当にそんなうまくいくのだろうか、と思いながら寝についたのだ。

しかしその思いは今朝を迎えたとき、きれいさっぱりと消えた。

今は不安など、心のどこを捜してもない。この三日、長かったとの思いのほうが強い。待ちかねていた。

だが、着いてみると、店はがらんどうだった。人っ子一人おらず、この前の賭場のような雰囲気が嘘だったとしか思えない空虚さが居座っている。

なんだい、こりゃどういうことだ。

雅吉は立ちすくんだ。

店の前には大勢の人がいて、わいわい騒いでいる。いったいどうなってるんだ。そんなの知るか。こっちがききてえんだよ。

怒号が飛びかう。てめえ、腹立ってるときにそんな口、ききやがって。

取っ組み合いになるのを、その場にいる者たちが必死にとめた。こんなところで喧嘩《けんか》したってなにもなりゃしねえよ。

その場にいるのはおよそ、十数名といったところか。まだ増えつつある。

誰もが、今日ここに来れば預けた金が倍になるときかされていた。

「俺たち、だまされたんじゃねえのか」

一人がつぶやく。

「そうかもしれねえ」

「そうかも、じゃねえよ。まちがいなくだまされたんだ」

「くそっ。そうかよ」

「そんなあ……」

「そんな情けねえ声、だすんじゃねえよ。やっぱりこの世に、そんなうまい話が転がってるわけがねえや」

「三日で倍なんて、考えてみればそんなのあり得ねえよ。できるはずがねえや」

雅吉は、だまされたと信じたくなかった。なにかのまちがいでは、と思った。そう、手ちがいなのではないか。

店はどこかに移り、そちらでやっているのでは。

そんな思いにとらわれて、雅吉は店の前にふらふらと歩み寄った。

貼り紙でもしていないか。くまなく捜したが、その手のものは一切なかった。

雅吉はだまされたのを認めざるを得なかった。はあ、とため息が出た。またへまをしちまった。

店の壁に背中を預けたら、ずるずると滑って、最後には地面に尻がついた。立ちあがろうとする気力がない。

五つすぎの太陽があたりを明るく照らしだしているが、気持ちは暗い洞窟《どうくつ》の奥にいるのも同様だった。

一人の男が酔ったような足取りで雅吉のそばにやってきて、同じように座りこんだ。

「これじゃあ、仕入れができねえ」

暗澹としてつぶやく。

「店が潰れちまう。なけなしの十両だったのに……。なんとかしなきゃ」

雅吉は男に目を向けた。

「俺も同じだよ。もうおしまいだ」

店の前にはすでに三十名近い者がいた。

「御番所に訴え出ると、どうなるのかな」

雅吉は隣の男にきいた。

「だまされて金を取られたってことで、調べてはくれるだろうよ」

「それで」

「それっきりさ。だいたいこういう場合、だまされたほうが悪いって、よくいわれるだろう。欲をかくのが悪い。よく考えればそんなうまい話、あるはずがないのに」

「じゃあ、御番所は本腰を入れて調べてはくれないってことかい」

「そうだな。それに……」

男が言葉をとめる。

「もしとっつかまえたにしても、金は返ってこないだろう」

「どうしてだい」

「この手の話の場合、だいたいそういうものなのさ。もう下手人どもがつかっちまってるってことが多いんだよ」

「そうなのか……」

雅吉は頭を抱えたくなった。

「当座の仕入れの金をなんとかしなきゃ」

道に突っ立っている一人がいう。

「俺もなんとかしなきゃ、店が立ちいかなくなっちまう」

「それだったら、俺にいい考えがある」

一人の男がよく響く声をあげた。

「いい考えってどんな」

男のそばにいる年寄りがきく。

「金貸しがいるんだよ。そこに金を借りればいい」

「金貸しなんかに借りたら、おしまいだ。一気に坂道を転げ落ちちまう」

「そこはちがうんだ」

「なにがちがう」

「利が安いんだよ」

「安いってどのくらいだい」

その場にいるほとんどの者が、男の話に耳を傾けだしていた。

「相場の半分さ。つまり月に五分だ」

それは確かに安い。光明を見たような思いで、雅吉は立ちあがった。そこから借りて、十日で二割もの利を取る利根田屋に返してしまえばいいのだ。先に十日分の利払いは終えているから、元金を返してしまえばいい。

雅吉と同じように考えた者は多いようで、男の案内で、優に二十名以上の者がその店に行くことになった。

店までの途中、坂があった。くだり坂だが、雅吉にはつらく感じられた。またもお陀《だ》仏《ぶつ》への道を歩んでいる気になった。

ようやく店に着いた。店は三七屋《さんしちや》といった。

三七屋と書かれた看板が、横にぐいっと張りだしているのが目の下に見える。

喜太夫は二階から、血走った目の男たちが大挙して押しかけてきたのを眺めた。にんまりする。

こうしてみんな、金を借りてくれる。利はわざと抑えている。

こういう地道な商売が最も手がたいのだ。

今、三七屋にやってきた者は二十名以上いるが、これで一人に十両貸しつけたとして、利息だけで月に十両も入ってくる。

月に十両。ふつうに働いて、なかなか得られる額ではない。

むろん、利根田屋も喜太夫の店だ。ちがう店で借りてもらい、またここでも借りてもらう。笑いがとまらない。

喜太夫の手元には、あり得るはずのない儲け話で集めた金がある。総額で八百両近い。

「うまくいきましたね」

一の配下の吉兵衛が笑いかけてくる。

「まったくだね」

「鴨《かも》どもにちょっと挨拶してきますよ」

「ああ、どんな顔しているのか、とっくりと拝んでくるんだね」

二十数名の金に飢えた男たちがようやく帰ってゆき、店は一段落ついた。

喜太夫は二階座敷に配下を集めた。

「みんな、よくやったね。またしっかりと働いておくれよ」

儲け話で得た金は、気前よくわけることにしている。そのほうが次に向けて、配下たちに俄然《がぜん》やる気が出てくるのだ。

金を惜しむほうが、やり方としては悪手だ。

「ありがとうございます」

喜太夫が手ずから金を渡すたびに、配下たちは感激の面持《おもも》ちで頭を下げる。

「また頼むよ」

喜太夫は一人一人ていねいにいってゆく。

「おまかせください」

「がんばります」

「一所懸命やりますから、見ててください」

配下たちは口々にいう。

配下に相当額をわけ与えたといっても、手元にはまだ三百両以上がある。

この金はまた、新たな儲け話につぎこむことになるだろう。

配下たちの酒盛りがはじまった。馬鹿話で盛りあがっている者もいるし、今度の仕掛けでだました男たちのことを話している者もいる。金のつかい道のことをいい合っている者もいた。

共通しているのは、満面の笑みだ。やはり、人を幸せにするのは金なのだ。懐が豊かになって飲む酒がうまくないはずがない。

そういう配下の姿を見て、喜太夫は満足だった。ちびりちびりと杯をなめる。ほっとするうまさがある。顔がほんのりと赤くなってきた。

自らの耳たぶをさわってみる。これが癖だというのは吉兵衛にいわれてわかっているが、どうにもやめられない。やめる気もない。

こうしていると、とても気持ちいいのだ。喜太夫はほとんど陶然《とうぜん》としていた。

第三章　鉄火場の娘

一

砂吉のやつ、金を取りに行ってくれただろうか。

獄中で吾市は祈った。

金さえ返せば、切腹はまぬがれるのではないか、という思いがある。

しかし死を避けられたとしても、くびはまぬがれないだろう。

江戸に幕府がひらかれて以来、鹿戸家は町奉行所の同心をつとめてきたが、それは俺の代で途切れるのだ。

はあ。床板にずんと沈みこみそうなため息が出た。

今、吾市がいるのは三四の番屋と呼ばれている大番屋の牢《ろう》だが、あたりはしんと静まりかえって人の気配は感じられない。

せまい牢屋に吾市は一人、入れられていた。

本来ならほかの者たちと一緒の牢に入れられるはずだが、そんなことをしたら命を縮められかねない。

もっとも、大番屋にいる者はまだ厳密には罪人ではない。ここは調べの場なのだ。大番屋で調べを重ね、罪を犯したことがまちがいないということになって、はじめて小伝馬町《こでんまちょう》の牢屋敷に入れられるのだ。

吾市は牢格子にかじりついた。砂吉はまだか。一刻もはやく姿を見せてほしい。

誰かがこちらに歩いてきた。おっ。吾市は目を凝らした。

すぐに落胆することになった。近づいてきたのが牢役人だったからだ。二人いる。小者もついてきている。

「出てください」

牢役人がいい、錠前をはずした。

せまい戸口から吾市は這《は》いだした。

「解き放ってくれるのかい」

吾市のその問いは黙殺された。

連れていかれたのは、牢屋よりさらにせまい部屋だ。畳敷きなのが牢屋と異なる。穿鑿所《せんさくしょ》だ。とらえた者の取り調べで、何度も来たことがあるから知っている。

ここに移されたというのは、と吾市は思った。砂吉が来るのだ。

ほっとする。

「失礼します」

板戸の向こうから声がかかった。砂吉の声ではない。

この声は、と吾市はいぶかしい思いで、板戸があくのを待った。

あらわれたのは文之介だった。失礼します、ともう一度いって、吾市の前に座りこんだ。

「文之介、どうしてここに」

あらわれたのが甘っちょろい顔の文之介だろうと、知った顔を見られるのはありがたかった。気持ちが少しは落ち着く。

「砂吉にいわれたんですよ」

さらりとした口調で文之介が答えた。

「砂吉と会ったのか」

「はい」

「あいつ、金を持ってきたか」

「いえ」

「なんだと。どうしてだ」

文之介がこと細かに説明する。

「本当か」

吾市は愕然《がくぜん》とし、言葉をなくした。

鹿戸さん、と文之介が呼びかけてきた。

「三十五両の件は本当なのですか」

「……本当だ」

「どうしてそんなことをしたんです」

「桑木さまにきいてないのか」

「桑木さまには会える状況ではありません。それがどうしてかはおわかりでしょう」

又兵衛は、奉行などへの説明に追われているのだろう。

「鹿戸さん、理由があるのでしょう。話してください」

「ある女を救いたかった」

吾市はぽつりといった。

「名はお喜代《きよ》だ」

「どうしてお喜代を救いたかったのです」

吾市は訥々《とつとつ》と語った。

「そうですか。わかりました。それがし、その女に会ってみます」

「会ってどうする。まだ金を渡したわけじゃないぞ」

「でも、これだけのお金があると助かる、と鹿戸さんにいったわけですよね」

「そうだ。文之介、お喜代が俺をだましたのでは、と疑っているのか」

「正直いえば、その通りです。砂吉によれば、今回はどうやら大勢の者がだまされたようです」

「だが、お喜代はその話に関係ないぞ」

「そういいきれますか」

「いいきれる。倍になるという話は、砂吉が持ってきたんだ」

「そのようですね」

文之介がうなずき、一度穿鑿所を出ていった。

再びやってきたときには、人相書《にんそうがき》の達者である池沢斧之丞《いけざわおののじよう》をともなっていた。

どこか憐れむような目をした斧之丞は吾市の話をききながら、お喜代の人相書を描いた。

「文之介、本当にこの女は関係ないぞ」

できあがった人相書を見て、吾市は叫ぶようにいった。感情が高ぶり、知らないうちにおびただしい涙が出てきていた。

「とにかく調べてみますよ」

そういって文之介は、斧之丞とともに穿鑿所を出ていった。

大番屋の外で勇七が待っていた。

「しかし旦那、信じられませんねえ」

勇七が首を振り振りいう。

「鹿戸の旦那が金に手をつけただなんて」

それは文之介も同じだった。

「このままでいけば、お役御免《やくごめん》どころか切腹だろうな」

「旦那、どうする気です」

「助けるしかないだろう」

「そうですよね。いやな先輩かもしれませんが、死なせるわけにはいかないですものね」

文之介は、涙ぐんでいた吾市を思いだした。

なんとか救ってやりたい。

しかし、状況はとても厳しい。いったいどうなるものか。

とにかく、やれるだけのことをやるしかない。

「よし勇七、ひとまず番所に戻ろう」

「砂吉さんですね」

「ああ。もう少し詳しい話をきかなきゃな」

三四の番屋がある日本橋本材木町《にほんばしほんざいもくちょう》三丁目と四丁目の境から、文之介と勇七は南町奉行所に向かって歩きだした。

約束通り、表門で砂吉が待っていた。

表門は人の出入りが激しく、話をきけるようなところではない。

文之介は砂吉を連れて数寄屋橋御門を出、南佐柄木町《みなみさえきちょう》の茶店に入った。奥の座敷になっているところに腰かける。

何組か人が入っているが、近くには誰もいない。

「砂吉、腹、空いてないか」

「いえ、空いてません」

吾市があんなことになり、さすがに憔悴《しょうすい》している。昨日からなにも腹に入れていないのではないか。

文之介は小女に、茶を三つと団子を三皿頼んだ。

注文の品はすぐにやってきた。文之介は団子に手をのばし、むしゃむしゃ食べはじめた。

「うまいな。砂吉も食べろ」

「いえ、あっしはけっこうです」

「本当にうまいから食べろ。遠慮なんかいらねえぞ」

それでも砂吉は手をだそうとしない。

「旦那、あっしもいただいていいですかい」

「ああ、食え食え」

勇七が団子をほおばりはじめた。にっこりと笑顔になる。

「本当だ、うまいですねえ。砂吉さん、本当に食べたほうがいいですよ」

勇七が団子を持たせる。そこまでされては砂吉も口に持っていかないわけにはいかない。

「本当だ。こりゃうまいや」

砂吉はすぐに一本を食べ終えた。

「もっとどうぞ」

砂吉は、自分がようやく空腹であるのに気づいたようだ。

「こりゃすみませんねえ」

がつがつと食べた。あっという間に三皿の団子は砂吉の胃の腑《ふ》に消えた。

「もっと食うか」

「いえ、もうけっこうです。ありがとうございました」

砂吉が頭を下げる。

「いいってことよ。茶も飲みな」

いただきます、と砂吉が湯飲みを大きく傾ける。よく冷えた水を飲むように、一気に湯飲みを空にした。

「もっと飲むか」

「はい、できましたら」

文之介は茶を新たに三つ頼んだ。

新しくきた茶を、砂吉はゆっくりと喫しはじめた。

「人心地《ひとごこち》ついたか」

「はい、おかげさまで」

文之介は茶で唇を湿した。

「では砂吉、きくぞ」

はい、と砂吉は湯飲みを茶托《ちゃたく》に戻し、背筋をのばした。

「おまえさんの手持ちの金の三両が六両になったというのは、本当だな」

「はい、本当です」

「その三両は、これまでこつこつ貯めた金なんだな」

「はい、もちろんです。うしろ暗い金じゃありません」

文之介はうなずいた。

「その儲け話を教えたのは誰だ」

「権之助《ごんのすけ》という男です」

「知り合いか」

「いえ、ある煮売り酒屋で飲んでいるとき声をかけられたんです」

「いつのことだ」

「半月ほど前でしょうか」

「はじめて会ってから、何度会った」

「三度です」

「権之助の住みかは」

「いえ、知りません」

砂吉が申しわけなさそうにいう。

「なにを生業にしている、と」

「いえ、きいてません」

「権之助と知り合った煮売り酒屋へは、案内できるな」

「はい、もちろん」

文之介と勇七は砂吉に先導される形で、備前町《びぜんちょう》にある煮売り酒屋に足を運んだ。店は柏尾《かしお》といった。

道をはさんだ向かいは、大名屋敷だ。この屋敷は確か、播磨小野《はりまおの》で一万石を領する一柳《ひとつやなぎ》家の上屋敷のはずだ。

砂吉はこの柏尾のなじみで、吾市ともよく来ていたという。

店はやってはいなかったが、あるじは来ていて、しこみをしていた。昼には一膳飯屋のようなことをしているのだという。

「よし砂吉、権之助という男と知り合ったときのことを詳しく話せ」

文之介は、土間に置かれた長床机《ながしょうぎ》に腰かけていった。

砂吉は長床机の端に座り、勇七は文之介の背後に立っている。店主には、すまないがしばらく席をはずしてくれ、と頼んだ。

砂吉が痰《たん》が絡んだような咳払いをした。

「御牧の旦那もご存じのように、あっしは番所内の中間長屋に住んでおります。勇七さんも同じですね。半月前、仕事がはやめに終わり、長屋でくすぶっていてもつまらないので、ここに飲みに来たんです」

「そのときは一人か。鹿戸さんはいなかったんだな」

「はい、あっし一人でした」

「続けてくれ」

「豆腐やなめ味噌を肴にちびちびと酒を飲んでいたら、権之助に声をかけられたんです。あっしに世話になったことがある、というんですよ。あっしはまったく覚えてなかったんですが」

それは、知り合うための口実にすぎないのだろう。

「それで、おごりますよ、っていうんです。あっしにも断る理由はないんで、一緒に飲んだんです」

「それで」

「半刻くらい一緒に飲み続けたあと、権之助は恩返しをしたいんです、といいました」

そのあと砂吉は、ここだけの話ですけど、と儲け話をささやかれたのだ。

「どんな儲け話だった」

「三日で金が倍になる、といわれました。なんでも上方の銀づかい、江戸の金づかい、のちがいを利用した儲け話だと」

「三日で倍か。砂吉、その話を信じたのか」

「はい、信じました。霊巌寺近くの店にも行き、活気を目の当たりにしましたし。これなら信じられると思いました。それに、元金が減ることは決してない、ともいわれましたから。それで三両を権之助に預けたんです」

「そして、本当に三日で六両になって戻ってきたわけか」

「はい、そうです」

「そのことをどうして鹿戸さんに」

「旦那は金に困っているといってました。日頃、世話になっている旦那です。あっしも恩返しをしたい、と考えたんです」

そういうことか、と文之介は思った。

「砂吉、権之助の人相を覚えているか」

「いえ、あまり。あのときあっしは意地汚く酔っていましたから」

「だが、そのあと二度会っているんじゃないのか」

「はい、そうなのですが、いつもここで会っていたものですから」

「霊巌寺そばの店に行ったときもか」

「はい、ここで飲んでから行きました」

「鹿戸さんは、権之助に会っているのか」

「いえ、あっしがすべてを権之助と行うってことで、一度も」

「鹿戸さんの三十五両を手渡したのも、この店か」

「はい」

「鹿戸さんに、金の出どころをきいたか」

「いえ、ききませんでした」

「どうして」

「旦那のことだから、どこからか都合をつけてきたんだろう、と思いました」

砂吉からきけるのは、これまでのようだ。奉行所に戻るという砂吉とわかれた。

文之介は柏尾のあるじに、権之助という男を知っているか、たずねた。あるじは知らなかった。顔もろくに覚えていなかった。

文之介は勇七とともに深川北川町《ふかがわきたがわちょう》に向かった。

ここには、お喜代という女がひらいている薬種屋があることになっている。店の名は川北屋《かわきたや》。

しかし案《あん》の定《じょう》というか、店はなかった。ほんの数日だけひらいていたことを、文之介と勇七は近所の者から知らされた。

川北屋というのは、北川町をもじったにすぎないのだろう。

大家に話をきいたが、三日貸してくれというので、貸しました、とのことだった。約《やく》定《じょう》をかわした一葉の紙には、お喜代の住みかも記されていた。

期待はできないと思いつつ、文之介と勇七は住みかに足を運んだ。おそらくお喜代という名も偽名だろう。

約定書に記載されていた深川東平野町《ふかがわひがしひらのちょう》に、やはりお喜代の住みかはなかった。

「途切れちまいましたね」

勇七が悔しげに顔をゆがめる。この町は仙台堀に沿っているだけに、潮の香りがほんのりとしている。

「勇七、へこたれることなんてねえよ」

勇七が顔を向けてきた。

「この程度のこと、これまでだって、よくあったじゃねえか」

勇七が畏敬の眼差しを向けてくる。

「旦那、最近はほんとにいうことがちがってきましたねえ。成長がわかりますよ」

「俺が成長したか。でもそんなんじゃなくて、やっぱり鹿戸さんを助けたい気持ちの強さだろうな」

「なるほど、そういうことですか」

勇七が気がかりそうな目をする。

「でも旦那、これからどうします」

「今、そいつを考えているところだ」

文之介は顎の肉をつまみ、なにか手がかりになりそうなことはないか、必死に頭を働かせた。

吾市がお喜代という女に出会ったくだりを思いだした。ここからはじめれば、なにか引っかかってくるものがあるかもしれない。

一月半ほど前のことだ。三十すぎの女が永代橋の上でぼんやりしていた。まさか身投げするのでは、と吾市は声をかけたのだ。

そのとき吾市は非番で、お喜代は吾市が同心と知ってびっくりした。やや細い目をしていたが、黒い瞳がきらきらと輝いており、とても聡明《そうめい》そうな女だった。

吾市は女に見つめられて、その場を動けなくなってしまった。

「あの、お名は」

お喜代がきいてきた。吾市が名乗ると、えっ、とお喜代が目をみはった。

「俺のことを知っているのか」

「いえ、申しわけございません、存じあげませんでした」

「なんだい、そうか。あんた、名は」

女が名乗る。

「そうかい、お喜代さんか。いい名じゃねえか」

「ありがとうございます」

女が婉然《えんぜん》とほほえむ。吾市はその笑みにも惹きつけられた。

吾市はお喜代に、どうして橋の上でぼんやりしていたのか、きいた。

お喜代がぽつりぽつりと語ったところによると、夫が死んで以来、必死に薬種屋をやってきたけれど、頼みにしていた番頭が離れていってしまい、店は傾く一方。このままでは店を閉じるしかない。

「それで、悩んでいました」

「身投げするのでは、と思ったぜ」

「えっ、身投げですか」

お喜代は顔を伏せた。

「申しわけございません。それだけ暗い顔をしていたのでしょう」

お喜代からは、薬らしいにおいがほんのりとしていた、と吾市はいった。そのためにお喜代の話を疑う理由など、吾市にはまったくなかったのだ。

それから吾市はお喜代に金を与えはじめたのだ。最初は、商家などからもらった小遣いをこつこつと貯めていたものをやっていた。

その金はすぐ底をついたが、吾市はなんとしてもお喜代のために金を用意したかった。

それでつい、善一郎が盗みだした金に手をつけてしまったのだ。

鹿戸さんは、と文之介は思った。明らかに狙われたのだ。お喜代に色仕掛けで金を巻きあげられ、もっともっと吸いあげられると見られたのだろう。

吸いあげる側の者たちはまず砂吉に話を持ちかけ、本当に儲かることを三両を倍にすることで実際に明かしてみせた。

砂吉が、金をほしがっている吾市にその話をするのは自明のことで、砂吉の持ってきた話に吾市はほとんど疑うことなくのってしまったのだろう。

そこまではわかったが、手がかりとして引っかかってくるものは今のところなにもなかった。

二

三七屋からは、当面の仕入れの金も借りた。

その金で雅吉は利根田屋に借金を返した。高利の支払いが終わったことにはほっとしたが、三七屋からは全部で五十五両もの借金を負うことになった。

それに加え、賭場のほうにも借金がある。こちらは四十両だ。

どうしよう。雅吉は頭を抱えたくなった。

だが、考えたところでいい考えなど浮かぶはずもない。

ふらふらと歩いて、いつの間にか永代橋にいることに気づいた。

真下を大川が流れている。滔々《とうとう》とした流れだ。その上を、おびただしい数の舟が行きかっていた。どの舟も荷を満載し、漕《こ》ぎ手が必死に櫂《かい》を動かしている。

その顔には、働いているという充実した思いがあらわれていた。

昼間からこうして仕事を怠けている雅吉には、まぶしくてならない。

ああ、もう死にたくなってきたな。

雅吉は欄干を持ち、水面をのぞきこんだ。

いや、待て。今、身投げするのはまずいぞ。これだけの舟がいるんだ、流れに届く前に当たっちまうだろう。そんなことになったら、とても痛いにちがいない。血もたくさん流れるだろうし。

仮にうまいこと川に落ちても、すぐに助けられちまうに決まってる。

やるなら夜中だ。夜なら舟は少ない。夜になったらまたここに来よう。

身を投げちまえば、なにも考えることはなくなる。楽になれる。

いや、と雅吉は首を激しく振った。こんなところで死にたくない。

一度、水死した者の死骸《しがい》を見たことがある。

醜かった。俺はあんなふうになりたくない。あんなのはいやだ。それに水死では、子供の頃、さくらに救ってもらった意味がなくなってしまう。

死ぬのはとりあえずやめたとはいえ、どうすればいいものか、考えはまとまらない。

大川の流れを見ていると、死ぬことばかり思うことになりそうで、雅吉は歩を進めることにした。

橋を戻り、深川佐賀町にやってきた。喉の渇きを覚え、懐の財布を探る。

金はあるだろうか。茶店で冷たい茶を飲むくらいはあった。

近くの茶店が目に入る。日盛りを避ける人たちで、茶店はこんでいた。

雅吉は、大川を吹き渡ってくる風の通りがいい縁台があいたのを見計らって、腰をおろした。

冷たい茶を飲むと、気持ちがほっとした。どうして死ぬことを考えたのか、不思議でならない。

ふと、金を借りたばかりの三七屋のことを思いだした。

あるじの吉兵衛は、仏と呼ばれているとのことだ。二階にいたらしい吉兵衛はわざわざおりてきて、柔和な笑みをたっぷりとした頬に浮かべ、雅吉たちに挨拶してくれたのだ。

その表情を見る限り、吉兵衛は仏と呼ばれるにふさわしい、やさしげな男だった。

でも、と思う。あのやさしげな裏に、きっと厳しい取り立てがあるのだろう。そうに決まっている。

でなければ、どうして相場の半分で商売が成り立つのか。

月に五分、の利は確かに安い。ほかではきいたことがない。

だが、元金を返すあてがないのだから、利が安かろうと今の雅吉にはどうしようもない。

そうだ、と気づいた。あの三人の男を捜さなければ。

俺はだまされたのだ。あの三人は、俺にあの話をわざときかせたのだろう。俺はまんまと罠《わな》にはまってしまったのだ。

あの三人を見つけ、金を返させなければならない。返さないなら、町方に訴え出るまでだ。

いや、あいつらを見つける前に町方に訴え出るべきだろうか。

いや、それはできない。そんなことをしたら、施主の金をつかいこんだことが表沙《おもてざ》汰《た》になってしまう。

自分で捜しだすしかない。

よし、三人と出会ったあの煮売り酒屋に行こう。

だが雅吉は踏ん切りがつかず、茶店でぐずぐずしていた。冷たい茶を三杯、飲んだ。そのために、茶店で厠《かわや》を借りることになった。

この刻限に行っても、あの煮売り酒屋はやっていないだろうし。

夕暮れ間近になって、雅吉はようやく腰をあげた。

少しは涼しくなってきた町を、ぶらぶらと歩いた。行きかう者に遠慮のない眼差しを浴びせた。こういう道で、ばったり出くわさないとも限らないのだ。

しかしそんなことはあり得ず、雅吉は深川西永町《ふかがわにしながちょう》にやってきた。

この町だ。あのとき入った煮売り酒屋は赤提灯《あかぢょうちん》に誘われただけで、はじめての店だった。名もろくに覚えていない。

さて、どこだったかな。

雅吉はおぼろげに浮かぶ頭のなかの光景を頼りに、町をうろつきまわった。

なかなか見つからない。

おかしいな。表通りの店だと思うんだが。そんな裏道なんかに入るはずがないのだ。

しかし、店はせまい路地の奥にあった。見覚えのある大きな赤提灯が、淡い光を放っていた。

近づいてゆくと、提灯に雅安《まさやす》とあるのがわかった。

ああ、ここだ。雅の字に惹かれて入ったのを思いだした。

ほっとした思いで雅吉は暖簾をくぐった。

だが、雅安の者は三人のことを知らなかった。覚えてもいなかった。

あいつらとぐるでとぼけているのか、と疑いたくなったが、問いつめるような真似はできない。自分は役人ではないし、そんな度胸もない。むしろ三人組がいなくて、安堵《あんど》の気持ちがあった。

雅吉は引きあげるしかなかった。

懐から小田原提灯を取りだし、火を入れた。そのあとは、町をただ歩きまわることでときを潰した。

夜が更けてきた。

もうはじまっただろう。雅吉は賭場に足を向けた。

ただし、今回は勝負しない。したくても金がない。

「なんだい、雅吉さん、勝負なしでやってきたんですかい」

顔なじみのやくざ者に、本堂の隅でいわれた。

「勝負する気がないんなら、仕方がありませんね。借金のお話をさせていただきましょうか」

途端に雅吉は、胃の腑に重《おも》しを飲まされたような気分になった。

「雅吉さん、もう五十両になっていますよ」

「ええっ」

「そんなにびっくりしなくても」

「でもこの前は四十両とのことでしたけど」

「わけはわかってるんでしょ。利が利を生んでいるんですよ」

やくざ者がにらみつけてきた。ふだんは見せることのない凄《すご》みがあり、雅吉は足が震え、まっすぐ立っていられなかった。

「それで雅吉さん、いつ返してもらえるんですかい」

「それはあの……なんとか近日中にお返しします」

「近日中ね。ふむ、まあ、よろしいでしょう。雅吉さんとは長いつき合いですから、信じましょう」

安堵した雅吉は、今夜ここに来た目的を思いだした。三人組の風体を話す。

「そういわれてもあっしにはわかりませんや。自分で見てまわったらどうです」

雅吉は実際にそうした。見つけてしまうのが、やはり怖い。

三人組は来ていなかった。

ほっとして賭場を出た雅吉は、また目についた煮売り酒屋の前に立った。入る前に財布を確かめる。

酔い潰れるまでは無理だろうが、少しは飲めるだけの金はあった。

暖簾を払う。これで、と雅吉は煤《すす》で薄汚れた天井を見あげて思った。明日もふつか酔いでの仕事だな。


どうしても気になる。

気になってならず、さくらは兄のあとをつけた。

いったい兄はなにをし、なにを悩んでいるのか。

隠居所の普請を職人二人にまかせ、雅吉はぼんやりと町を歩いていた。一度は、永代橋から飽くことなく流れを見つめていた。

身投げするのでは、とさくらは怖《おそ》れ、すぐに駆けつけられるところまで近づいた。兄は気づかなかった。

首を振って、なにかをあきらめたような顔つきになったかと思うと、兄は再び江戸の町を歩きはじめた。

どこに行こうとしているのか。着いたのは深川佐賀町だ。陽射しを避けるように近くの茶店にさっさと入ってしまった。

冷たい茶をうまそうに飲んでいる。さくらはそういうわけにいかず、大川沿いの河岸に通ずるらしい路地に入り、兄を見張った。

雅吉は長《なが》っ尻《ちり》だった。茶を三杯飲み、厠を借りたりした。

仕事を怠けて、どうしてのんびりと茶を飲めるのだろう。

日暮れが近づき、太陽の光が弱まったのを見計らったのか、雅吉が茶店の勘定をすませ、道に出てきた。

歩きだしたのはいいが、今度は行きかう人すべての顔をのぞきこんでいる。雅吉に見つめられ、おっという顔をする人がいることから、にらみつけているようだ。

人に因縁をつけるような男ではない。ああする理由があるのだ。

人を捜しているようなのが、さくらにはわかった。いったい誰を。

次に兄がやってきたのは、深川西永町だ。すぐに町をうろつきはじめた。人ではなく、建物を捜しているようだ。

なにを捜しているのだろう。煮売り酒屋の前に立っては、名を確かめているのが知れた。

兄は煮売り酒屋を捜しているのだ。

やがて、ようやく目当ての煮売り酒屋を見つけたのか、雅吉は一軒の煮売り酒屋に入っていった。

路地の奥にあり、赤提灯がずいぶんと目立つ店だった。雅安、という名が提灯に黒々とした字で書かれていた。

ここで飲むつもりなのか、とさくらは思った。捜していたということは、誰かと待ち合わせしているのか。

だが、雅吉はさほど待つことなく、雅安を出てきた。

どこに向かうのか気になったが、さくらは雅安に入り、雅吉がなにをしていたのか、店の者にきいた。

三人組を捜していた、とのことだった。

さくらは雅安を出て、兄のあとを追った。追いながら、その三人組は誰なのか、と考えた。

答えが出るはずもなかった。

どうしてその三人を捜しているのか。雅安の者に兄は理由を話していなかった。日が暮れきり、家に帰るのかと思ったら、雅吉はまた町を歩きだした。どこに行くあてもなく、ただ歩いているという感じだった。

さくらも小田原提灯を灯《とも》し、兄のあとをひたすら歩いた。

五つ近くになった頃、雅吉は今度は東に向かった。

だいぶ歩いた。着いたのは、さくらの覚えが正しければ深川猿江町だ。猿江町裏町かもしれない。

雅吉は寺の参道らしい道を入ってゆく。さくらも続いた。

本堂の影が、暗い空を背景にぬっと突きだすように見えてきた。

山門の前にたむろしている男たちと一言二言をかわしてから、雅吉は山門をくぐっていった。

ここはなんなのか。十間ほどの距離を置いて、さくらは男たちを見つめた。

考えるまでもない。たむろしているのはやくざ者だ。賭場だろう。兄は博打に手をだしているのだ。

父親も一時博打に凝り、家業が傾きかけたことがある。あのときの家のなかの暗さ、荒れようは、さくらの頭に深く刻みこまれている。きっと永久に消えないだろう。

あのときのことを兄だって覚えていないはずがない。だから、これまで博打に手をだすことなどなかったのに。

亡くなった母親は、決して博打をしないように遺言した。兄は、それを破ってしまったのか。

いったいどうして。怒りがたぎってきた。

おとっつあんから継いだ血なのか。

雅吉はほんの四半刻《しはんとき》ほどで山門を出てきた。勝負はしなかったのか。それとも、有り金すべて巻きあげられてしまったのか。

有り金、と考えてさくらは呆然とした。兄はどこから博打の金を手に入れているのか。

そんな余裕があるはずがないのだ。

まさか、と思い当たってさくらは立ちすくんだ。

兄は、才田屋さんから前払いされた金をつかいこんでいるのではないか。

そんなことはない。そんなことをするはずがない。

気を取り直して、さくらは再び兄のあとをつけた。

雅吉は一軒の煮売り酒屋に入っていった。お足が心許ないのか、入る前に財布のなかを確かめていた。

さくらも入りたかった。入って、兄に問いただしたかった。兄ちゃん、いったいなにをしているの、と。

しかし我慢し、一人、家に戻った。兄ちゃんはきっと話してくれる、と信じて。

三

今日も陽射しは強烈だ。

文之介は、だらだらと顔を流れ落ちる汗を手ぬぐいでふいた。

「勇七、暑いなあ」

「ええ、梅雨も明けましたからね」

「相変わらず愛想がねえな。なんで勇七は、暑さ寒さのことになると、愛想がなくなるんだ」

「愛想をよくしたからって、暑さや寒さがやわらぐわけじゃないですから」

「そりゃそうだけど、口にしたらそれで気がすむってあるじゃねえか」

文之介は空を見あげた。

「雲一つねえな。暑すぎて、俺たちの日よけになるのがいやになっちまったのかな」

勇七に目を戻した。

「勇七、腹、空かねえか」

「空きました。もう昼はすぎていますから」

「なに、本当か」

「ええ、だいぶ前に九つの鐘をききましたけど」

「勇七、なんで教えねえんだ。俺はまだ九つになってねえと空腹を我慢していたんだ。鐘が鳴ったら昼飯にしようと思ってよ」

「あの鐘がきこえないほうがどうかしてますよ。耳あかがつまっててんじゃないですかい」

「そうかもしれねえ。このところ、ずっと耳かきに触れてねえや」

文之介は指を耳の穴に突っこんだ。

「あっ」

指先を見て、声をあげた。

「どうしたんですかい。でっかいのが取れたんですか」

「ほじりすぎて血が出た」

「えっ、大丈夫ですかい」

「たいしたことねえよ。放っておきゃ治る」

勇七が見つめてきた。

「それにしても、旦那、相当仕事に集中していたんですねえ」

「まあな。なんとしても、鹿戸さんを助けなきゃならねえからな」

「でもなんの手がかりもつかめないですね」

勇七が唇を嚙み締める。

「そうだな。でも、焦ったところで仕方がねえ。地道に探索してゆくしかねえよ。――その前に腹ごしらえをしなきゃな」

文之介は横合いから自分の名を呼ぶ声をきいた。女の声だが、ずいぶんしわがれている。

この声は。文之介はおそるおそる横を向いた。

「文之介さま、お昼でしたらいいお店、ございましてよ」

「お克さん」

勇七が、長年生きわかれになっていた母親に会った子供のような声をあげた。まぶしげにお克を見ている。

文之介にはどうしても信じられない。勇七はいい男なんだから、惚れてくれる女はいくらでもいるはずなのに。

弥生《やよい》という女だっているのに。そういえば、弥生はどうしているのだろう。勇七がかどわかされた事件以降、文之介は会っていない。

元気にしているのだろうか。この前、子供たちにきけばよかった。

「どうされました、文之介さま」

「いや、なんでもない」

お克は、いつものように帯吉を供に連れている。

「勇七さん、こんにちは」

お克がにこやかに挨拶する。

「は、はい、こんにちは」

これだけで勇七はでれでれだ。さっきの無愛想な返答が嘘としか思えない。勇七のなかには、別の男が生きているのではないか。

お克が文之介に顔を向けてきた。

「文之介さま、本当に一緒にいかがです」

一緒というのは文之介はぞっとしなかったが、勇七が期待のこもった目で見ている。

「いいのか。邪魔じゃないか」

「邪魔なんてとんでもない。私、この帯吉とお昼にするつもりでした。文之介さまと一緒なら、おいしい料理がもっとおいしくなりますわ」

「お克、今日はなんだ。また習いごとか」

「文之介さま、気になりますか」

「いや、きいてみただけだ」

「文之介さまに気にかけていただいて、私、とってもうれしいです」

「いや、だからきいただけだって」

「買い物です。いろいろ見てまわりました」

「ふーん、深川のほうまで来ることがあるんだな」

なにを買ったんだ、とききそうになって文之介はとどまった。また関心を持っていると思われたくない。

それにしても、お克はこの前会ったときより、また太ったように見える。日に日に大きくなっているようだ。餌を与えられすぎた鯉みたいだ。お克は毎日、際限なく食べているのではないだろうか。

ふと、文之介は妙なにおいを嗅いだ。なんだ、このにおいは。

風にさらわれたのか、においはすぐに消えていった。

「勇七、どうする。お克と一緒に食べるか」

「旦那はどうなんです。あっしは旦那にしたがうだけですよ」

文之介は内心、眉をひそめた。こいつ、心にもない強がりをいいやがって。誰に似たんだ。

「お克がいいところ、というんだから、本当にいいところだろうぜ」

「はい、本当においしいです」

お克がまじめな表情でいう。

「じゃあ、行くか」

お克が巨体を躍りあがらせる。勇七は控えめに白い歯を見せた。

お克が連れていってくれたのは、深川一色町《ふかがわいっしきちょう》にある料亭だった。田沢《たざわ》と看板に出ていた。

大店青山の一人娘だけのことはあり、お克は歓迎された。ようこそいらしてくれました、と主人まで出てきた。

「そんなに大袈裟《おおげさ》にしないでください。お客さまをお連れしていますし」

文之介たちは、二階座敷に落ち着いた。窓があけ放たれ、景色がよく見える。いかにも深川で、まわりは水路に囲まれ、橋がいくつも見えている。いずれの橋も往来が途切れない。

「買い物に来たと申しましたけど、私今日、このお店を目当てにまいったんですよ」

「そうだったのか。でも深川なら、舟で来たほうがよかっただろうに」

「文之介さまはいつもお歩きになっているんですよね。それなのに、私が楽なんてできないですから」

「いや、いくらでも楽をしてもらってけっこうだ」

魚がうまい、とのことで、お克が刺身の盛り合わせを頼んだ。

魚は活きがよく、すばらしかった。脂ののりといい、歯応《はごた》えといい、吟味し尽くされている。

ただし、座敷に入ってしばらくしてから文之介は、どこからか妙なにおいがしているのにまた気づいた。さっき、お克と立ち話していたときのにおいだ。

どこからにおってくるのか。文之介は鼻をうごめかした。

はっとした。お克のようだ。いったいなんのにおいなのか。

わかった。匂《にお》い袋だ。買い物に来たといったが、お克は匂い袋をどこかで買ったのだろう。

それにしても、こんなにおいがお克はいいのだろうか。刺身がとてもうまいだけに、そのことが少し残念だった。

それでも、文之介は満足して食べ終えた。これだけの魚はお克にでも連れてこられなければ、一生口にすることはなかっただろう。

お春にも食べさせてやりたいな、と思った。手柄をあげ、奉行から金一封が出れば、連れてこられるかもしれない。

「文之介さま、いかがでした」

お克が心配そうにきいてきた。

「ああ、とてもうまかった。こんなにうまい魚、食べたことはないな」

「そうですか」

お克は手を合わせて喜んでいる。このあたりは、どこにでもいる娘と変わりはない。

「文之介さまはお魚がお好きなんですね。でしたら、またこちらにご一緒しませんか。今度は二人きりで」

文之介は勇七を見た。勇七はきこえなかった顔をしている。

「いや、お克、やめておくよ」

「さようですか」

お克は悲しげだ。

しかし文之介にかける言葉はない。

お克たちと店の前でわかれた。

「ああ、行っちまいましたねえ」

勇七はずっとお克を見ていた。

「お克さん、天女のようなかぐわしい香りでしたねえ」

陶然としていう。

「かぐわしい香りだと。なんの話だ」

「旦那、気づいてなかったんですかい。お克さんの匂い袋ですよ」

「馬鹿か、おまえは」

「どうしてそんないい方、するんです」

「あのにおいのおかげで、せっかくの魚が台なしだっただろうが」

「そんなことないですよ。引き立てていましたよ。旦那の鼻、おかしいんじゃないですかい」

「おかしいのはおまえの鼻だ。目もどうかしてるけどな」

「目がどうかしてるってどういう意味です」

「そのままの意味だ」

しばらく二人は無言で歩いた。

「お克のやつ、どうしてあんなに太っちまったのかなあ。またやせねえかなあ」

文之介は慨嘆《がいたん》した。

「いやですよ、そんなの。今が一番いいじゃないですか」

「また、でぶはきらいだっていってみるか」

「なんですって。本気ですかい」

勇七がのぞきこんできた。目が怒っている。

「本気だといったらどうする。殴るのか」

「殴りゃしませんよ」

「本当に殴らないんだな」

「ええ」

文之介はきびすを返した。

「よし」

「旦那、どこに行くんです」

「お克にやせるようにいうんだよ」

「駄目ですよ。やめてください」

「だって、そのほうが幸せだぞ」

「旦那に人の幸せがどこにあるか、わかるんですかい」

「おめえにはわかるのか」

「わかりゃしませんけど、人にああしろ、こうしろといえるほど、自分がえらくないのはわかります」

同心と中間が口論して歩いているのを、行きかう人たちがびっくりして見ている。

「俺にはよく、ああしろ、こうしろっていうじゃねえか」

「旦那がだらしないからですよ」

「俺のどこがだらしないんだ」

「全部ですよ」

「なんだと」

文之介は頭に血がのぼった。

「おめえだってだらしねえだろうが。さっきのお克を見る顔はひでえものだったぜ。あんなゆるみきった勇七なんて、俺は見たくなかったよ」

「相手がお克さんなんだから、仕方ないじゃないですか」

「目を覚ませ、勇七。おまえはいい男なんだから、いくらでもいい女が好きになってくれるぞ。なにもお克でなくたって」

「ちょっと待った」

いきなり勇七の口調が変わった。

「お克さんでなくたって、というのはどういう意味だ」

「言葉通りの意味だ」

「お克さんのことを悪くいうな」

「悪くなんていってねえだろうが」

「いってるだろうが」

「いってねえよ。真実だ」

「真実だと。てめえ、もう許さねえ」

勇七が躍りかかってきた。文之介の襟首をつかみ、人けのない路地に引っぱってゆく。

「てめえ、なにすんだ。放しやがれ」

いった途端、文之介はいきなり放され、たたらを踏む格好になった。どしん、と一軒家の木塀に背中を押しつけられる。

「お克さんに謝れ」

「やなこった」

「謝らないんだったら、こうしてやる」

げんこつが飛んできた。文之介はよけたが、直後に腹に拳《こぶし》がめりこんだ。

げっ、という声が喉の奥から出る。息がつまったが、文之介はすぐさま反撃に出た。

右の拳を振りあげ、勇七の頰に見舞った。

痛いくらいの衝撃が右手を包みこむ。勇七がよろける。文之介は足払いをかけ、地面に倒れこませた。

馬乗りになり、顔面に拳を浴びせるつもりだったが、いつの間にか勇七に馬乗りになられていた。

あれ、どうしてだ。文之介は面食らった。勇七ががつ、と強烈なやつを放ってきた。

一瞬、意識が飛んだ。

まずいぞ、この体勢は。文之介は足をあげ、勇七の首に絡ませた。

そのあとはじゃれ合う子犬のように、地面を転がり続けた。

二人とも息が切れ、やがて動きがとまった。

文之介は芋虫《いもむし》のように動いて、勇七の下から逃れた。手近の塀に背中を預けて、静かに空を見あげる。

荒い息がおさまらない。向かいの塀に同じ姿勢でおさまった勇七も同様だった。

四

「あっしも、お克さんのことになるとなにも見えなくなっちまって、本当にすみません」

「勇七のいう通りだからだ。お克にやせろ、なんていうのは思いあがりだよ」

「どうして謝るんです」

勇七が顔をあげる。

「勇七、すまなかったな」

勇七が頭を下げる。

「もう二度と殴りゃあしませんから」

文之介は笑った。

「勇七、おまえ、何度その言葉をこれまで口にしたんだ」

「今度は本当ですから」

「別に無理しなくてもいいよ。殴りたくなったら、遠慮なく殴ってくれ」

勇七が立ちあがり、近づいてきた。腕をのばす。文之介はがっちりとつかみ、立ちあがった。

「勇七、俺、気づいたことがあるんだけど、きいてくれるか」

「もちろんですよ」

勇七がうなずく。

「旦那のいうことなら、ちっちゃい頃からずっときいてきましたよ」

「そうだったな。勇七は俺の馬鹿話に耳を傾けてくれたものな」

「本当にくだらない話ばかりでしたけど、きいてるほうは退屈しなくて楽しかったですよ。——気づいたことってなんです」

「ああ、それだ。こいつはお克に感謝しなきゃいけないかもしれねえんだが」

勇七が顔を輝かせる。

「なんです」

「お克の匂い袋で気づいたんだ。鹿戸さんは、お喜代という女から薬のにおいがしていた、といっていた」

「ええ、そのことはききましたよ。それがなにか」

「薬のにおいって、鹿戸さんをだますためにわざとつけたのかな」

「お喜代という女は、はなから鹿戸さんをだますつもりでいたんでしょうから、話をもっともらしくするために、というのは十分に考えられますよ」

「でも、鹿戸さんはお喜代の色香にすでに迷わされていたんだよな。そこまでする必要があったのかな」

「なるほど。もし鹿戸さんをだますのと関係なく、お喜代に薬のにおいがついていたとしたら、どういうことになるんです」

「薬種屋というのは真実、ということになりはしないか」

「実際に、そんな薬種屋はありませんでしたよ。深川北川町の川北屋でしたね」

「薬種屋でなくとも、その手の商売をしているんじゃねえのか。医者とか」

「女の医者ですか。最近では珍しくもなくなってきましたねえ。なるほど、旦那のいう通りかもしれませんねえ」

「勇七、お喜代って女、徹底して捜してみようぜ」

文之介は、懐から池沢斧之丞が描いた人相書を取りだした。


日暮れまで、あと半刻ほどというときだった。ついに文之介と勇七は深川六間堀町《ふかがわろつけんぼりちよう》の自身番で手がかりを得た。

つめている町役人が口をそろえて、この人ならこの町に住んでますよ、といったのだ。

お喜代は薬の行商をしているという。やっぱりな、と文之介は思った。

「名はなんという」

「お喜《よし》さんです」

「どこに住んでいる」

「近くの長屋です。いると思いますよ。さっき帰ってきたばかりですから」

あの、と別の町役人がいった。

「お喜さん、なにかしたんですか」

「それはこれからだ。先に話をききたい。案内してくれ」

「承知いたしました」

年若の町役人の案内で、文之介と勇七はお喜の長屋に向かった。

「勇七、やったな」

「ええ、これが鹿戸の旦那を救うきっかけになればいいんですけどね」

お喜の住む長屋は自身番から一町も離れていなかった。

「こちらです」

町役人の先導で、文之介と勇七は長屋の木戸をくぐった。

いい長屋だった。裏店だが、日当たりはいいようだし、なによりまだ新しい。五軒ずつの店が路地をはさんで向き合っている。

「けっこうなところに住んでんだな」

文之介は素直な感想を漏らした。

路地を進んだ町役人が、右手の一番奥の店の前に立つ。すぐそばに厠がある。町役人が障子戸を軽く叩いて、お喜さん、と呼ばわった。はい、と返事があり、障子戸があいた。

ほう、と文之介は思った。年増《としま》は年増だが、伏し目がちな瞳に色気がある。吾市がころっとまいってしまうのも、無理もない。

お喜が文之介の黒羽織を見て、目をみはる。

「お喜さん、お役人がご用があるそうだよ。話をききたいそうだ」

「わかりました」

お喜は目を伏せがちにいった。

手前はこれで失礼します、と町役人は一礼し、去っていった。

「お入りください」

文之介と勇七は招じ入れられた。お喜はすでに観念しているのか、逃げだそうとする雰囲気はない。

店は、二間のつくりだ。奥の間に赤子が寝ている。

文之介はあがり框に腰をおろした。勇七は土間に立っている。

お喜が湯をわかしはじめた。

「いや、そんなのはいい。座ってくれ」

わかりました、とお喜が炭を火鉢《ひばち》にうずめて文之介の前に正座した。

文之介はお喜をじっと見た。お喜は下を向き、膝の上で拳をかためている。その手がかすかに震えていた。

「鹿戸吾市という町方を知っているな」

お喜が顔をあげた。濡《ぬ》れたような瞳をしている。

文之介はどきりとした。こういう表情は、お春にはできない。これがこの女の手なのか、と文之介に油断はなかった。

「はい、存じています」

「おまえさん、鹿戸さんをだましたな」

お喜は下を向いた。

「はい」

ため息をつくように答えた。

「どうしてだました」

お喜はうつむいたままだ。

「おまえさん、その赤子と二人で住んでいるのか」

「はい」

「亭主は」

「亡くなりました」

「いつ」

「一年前です」

「病か」

「いえ、事故でした」

「事故だと」

「酔って川に落ちたんです」

江戸ではその手の事故は数多い。

「そうか。その子はいくつだ」

「二歳です。去年の冬に生まれました」

ということは生まれてから、まだ八ヶ月くらいだろうか。

「おまえさん、人をだますような者に見えないいんだが、鹿戸さんを引っかけたのは事情でもあるのか」

若さゆえに女の本性が見えていないだけなのかもしれないが、文之介としては自分の勘にしたがうつもりでいる。ちらりと振り返ってみたところ、勇七も自分と同じ考えでいるのがわかった。

「果たして信じていただけますかどうか……」

「信じるか信じないかは、俺の判断することだ。とにかく話してみな」

「わかりました」

お喜が顔をあげた。さっきの濡れた瞳は消え、代わって決意の色が読み取れた。

「ある金貸しからお金を借りたんです。その子、信太郎《しんたろう》というんですけど、病にかかってしまって、薬代がどうしてもほしくて」

「おまえさん、薬の行商なんだろう。自前の薬では駄目なのか」

「私が商っているのは、膏薬《こうやく》なんです」

「そういうことか。続けてくれ」

「信太郎の病はよくならず、借金はどんどんふくらんでいきました。ようやく薬が効いて治ったときには、十三両余りになっていました。それが三ヶ月ほど前のことです」

そこまで話してきて喉が渇いたのか、お茶をいれます、とお喜が立った。

仕方あるまい、と文之介は思った。勇七は黙ってお喜を見守っている。

しばらく無言のときが流れた。やがて湯がわき、お喜が手ばやく茶をいれた。

文之介と勇七は、すぐにあたたかな湯飲みを手にすることになった。

お喜が再び正座し、茶をゆっくりと喫した。心を落ち着けている。

「二ヶ月ばかり前のことです。行商で町を歩いていますと、見知らぬ男に声をかけられました。でっかい借金があるらしいな、と男がいいました。私はいぶかしげに見つめるしかありませんでした」

お喜がまた茶を飲んだ。文之介も湯飲みに唇をつけた。勇七もすすっている。

「男は、金貸しのところでよく見かけるから、といいました。私は少しでも稼げたら、利だけは払うようにしており、金貸しのもとには足繁く通っていました。もっとも、それだけ一所懸命に返しても、十三両の元金はまったく減りませんでしたけど」

高利の金はそういうものだ。

「借金を一括で返したくないか、と男はいいました。私はそのことばかりを考えていましたから、心を見抜かれたようでびっくりしました。私と信太郎の暮らしは、とにかく借金に縛りつけられていました」

お喜は湯飲みを手で抱いている。指先がかすかに震えていた。

「男は、鹿戸吾市という町方がいる、その男を引っかけるようにいってきました」

「その男というのは何者だ」

「存じません。民吉《たみきち》と名乗りました」

「見覚えがない、といったな。民吉とは何度会ったんだ」

「そのときを入れて、二度です。二度目にお金をくれました」

「最近のことだな。いつだ」

「二日前です」

「どこで会った」

「路上です。私が行商の最中、向こうからご苦労だった、と声をかけてきました」

「そのとき十三両、もらったのか」

「十両です。最初に会ったとき、三両を手つけとしてもらいましたから」

「借金は完済したのだな」

「はい」

うなだれて答えた。

「男は、鹿戸さんを引っかける理由を話したか」

「いえ、一度も」

文之介は少し間を置いた。

「男が鹿戸さんを語る口調はどんなものだった」

「どんなものといわれますと」

「口調にうらみがこめられていたりとか、鹿戸吾市の名を口にするたびに目に炎が宿ったりしたとか」

「いえ、気づきませんでした」

そうか、と文之介はいった。吾市も同心としてそれなりに実績をあげている男だ。おそらくうらみだろう。

いや、待てよ。だましたほうは、吾市がまさか押収した金に手をだすとまでは考えていなかったはずだ。となると、吾市を牢に入れるのが目的ではなかった、ということにならないか。

ちびちびと貯めこんだ金を奪いたかった。ただそれだけではないか。

そうすると、吾市にたびたびいたぶられていた者の仕業だろうか。

「私、罪に問われるのでしょうか」

お喜がきいてきた。いつの間にか涙を流している。

憐れに見えて、文之介はまっすぐ見ていられなかった。うしろで勇七も同じようだ。

「どうかな」

文之介は不問に付すか、と思った。

定町廻り同心がそんな勝手をしていいのか。しかし罪に問えば、信太郎があまりにかわいそうだ。父親を亡くした上、母親と離ればなれになる。

それはなんとか避けたい。

「番所に来て、今話したことを話してくれないか」

「御番所にですか」

かなり迷ったようだが、お喜は最後に深くうなずいた。

「承知いたしました」

奉行所にやってきたのははじめてなのか、お喜は緊張を隠せずにいる。

もっとも、誰にとっても奉行所というのは落ち着かない場所なのだろう。

お喜がいるのは、穿鑿所そばの部屋だ。穿鑿所ほどせまくはないし、暗くもない。

ただ、背中にくくりつけている信太郎がぐずりはじめた。お喜があやしたが、やがて大きな声で泣きはじめた。

さすがに男の子だけあって、元気がいい。どころか、耳をふさぎたくなるような勢いだ。泣き声が奉行所内に響き渡る。なんだ、なんだと数名の同心が見に来た。

「腹は空いてないのか」

文之介はお喜にたずねた。

「はい、お役人が見える前、たっぷりとお乳をあげましたから」

お喜が信太郎の尻のほうをさわる。

「おしめでもありません。やはりこういうところに連れてこられて、この子も不安なのでしょう」

「すまんな、すぐすませるから」

「いえ、とんでもございません」

お喜が静かに信太郎の頭をなではじめた。次に耳たぶをさわる。しばらくさわり続けていると、信太郎は静かになった。もう眠りだしている。

「薬みたいだな」

文之介はほっとしてお喜に語りかけた。

「はい、本当に。この子は耳たぶをさわられるのが大好きなんですよ」

お喜が鬢《びん》の毛をかきあげる。

「その手の傷はどうした」

お喜がはっとし、隠そうとした。おずおずという。

「亡くなった亭主が酔って、包丁を突き通したのです」

文之介は顔をしかめた。さぞ痛かっただろうな。

「酔うと、そういうふうになる亭主だったのか」

「お酒が入らなければ、とてもおとなしい人だったのですけど……結局、そのお酒が命取りになりました」

板戸の向こうに人が立った気配がした。入るぞ、と声がかけられる。

又兵衛だった。

又兵衛にうながされて、お喜は事情を語った。

きき終えたあと又兵衛は、お喜を牢屋に入れるようにいわなかった。お喜に同情したようだ。

お喜は何度も文之介と勇七に頭を下げて、信太郎とともに帰っていった。

文之介は勇七を門に残して、又兵衛の部屋に行った。

「鹿戸さんですが、どうなりますか」

又兵衛は渋い顔のままだ。

「お喜の証言でだまされたのは判明したが、解き放ちにはならぬ。どんなわけがあるにせよ、盗人が残した金に手をつけた事実に変わりはない」

五

高価な焼き物を割ることのないように、お知佳は今日も注意深くふき掃除をした。

金槌《かなづち》の音がきこえる。日に日に隠居所は形が見えてきているが、ここ最近、棟梁らしい若者は来たり来なかったりだ。よそにも仕事を抱えているのか。

八つどきに茶菓を持ってゆくのが、お知佳の日課となっている。

今日も饅頭と茶を運んでいった。

「ありがとうございます」

いかにも人のよさそうな、歳《とし》のいった大工がにこにこして頭を下げる。もう一人、同じ歳の頃の大工はあまり話さないが、感謝の念を面《おもて》にだしている。

お知佳も一休みするつもりになっている。掃除はすべて終わり、あとは夕餉の支度が残っているだけだ。ここで四半刻ほどときを潰しても、大丈夫だろう。

茶を喫しつつ、雅吉という棟梁が今日もいないのに気づいた。

どうしたのか、お知佳は二人にきいた。

「あれ。さっきまでそこにいたんだけどなあ、どこに行ったのかな」

そういう大工の顔には、不安の色が浮かんでいる。ただ姿が見えない、ということではなさそうだ。

「棟梁、どうかしたんですか」

大工が鼻の頭をこする。

「いや、なんでもないですよ」

「いや、ちょっと様子がおかしいんですよ。今日も酒のにおいをぷんぷんさせて——」

「おい、泰吉、よけいなこと、いうんじゃねえ」

すまねえ、と泰吉と呼ばれた男が頭をかく。

酒のにおいか、とお知佳は思った。ふつか酔いなのか、それとも酒を引っかけてからここに来たのか。職人に酒好きは多いし、酒を引っかけないと調子が出ないという者も多いらしいのは知っているが、あの若さの棟梁には似つかわしくなかった。

お知佳は居心地が悪くなり、その場を離れた。

座敷に入って、なんとなくまわりを見渡した。なにか妙だ、と思った。なにがちがうのだろう。

わからないが、茶菓を持っていく前と座敷のなにかがちがっている。

じっと見ていて、ようやくお知佳は解した。

焼き物が一つないのだ。それは才田屋の隠居が特にいいといっている物だった。確か、黒織部《くろおりべ》といっていた。

それがどうして。

はっとする。庭に人の気配がした。

見ると、男が背中を見せていた。普請場のほうに向かって歩きだす。

あの若い棟梁だ。

まさか、あの棟梁が。棟梁と呼ばれる者がそんな真似をするだろうか。

さっきの酒の話が脳裏をよぎる。お知佳は心を決め、庭におりた。

小走りに駆けて、棟梁を呼びとめる。

「申しわけございません」

いきなり棟梁ががばっと土下座した。

「申しわけございません」

もう一度同じ言葉を口にした。そろえた両腕が激しく震えている。

「あなた、本当に盗《と》ったの？」

「は、はい」

懐から袱紗《ふくさ》包みを取りだした。大事に扱っている。価値はわかっているのだ。

「どうしてこんなことを」

切羽つまったものを若者に感じ、お知佳は声をだした。

「こちらにいらっしゃい」

職人の二人は気づいていない。笑みをかわして、饅頭をつまんでいる。

お知佳は裸足《はだし》だった。雑巾でていねいに足の裏をふいてから、雅吉という棟梁に座敷にあがるようにいった。

お知佳が正座すると、雅吉もそれにならった。礼儀作法は自然にできている。

まず黒織部を返してもらい、あらためて雅吉に事情をきいた。

雅吉はうつむきながらも、訥々と話した。

賭場での借金、そして相場絡みの儲け話でだまされたこと。

「御番所に突きだしてください」

そのほうが楽、といいたげな口調だ。

「お帰りなさい」

黒織部を返したこともあり、お知佳はこのことを胸にしまっておくことにした。

えっ、という顔を雅吉がする。

「でも……」

「いいんです。もうしないでしょ」

「は、はい」

「はやく行きなさい」

わかりました、とうなずき、雅吉が立ちあがる。庭を歩く足取りが、どこかおぼつかないのは、まだ信じられない思いがあるからだろうか。

それにしても、とお知佳は思った。ただの女中の分際で、こんなことをしていいのだろうか。

六

今日は兄をつけはしなかった。弁当を届けただけで、すぐ家に帰ってきた。

さくらは夕餉の支度の真っ最中だ。今日、雅吉はまっすぐ帰ってくるだろうか。

さくらは不安に駆られた。火をつかっているから、細心の注意を払わなければいけないのだが、集中できない。

ふと物音をきいた気がして、振り返った。だが気のせいだったようだ。

この家に、さくらと雅吉は二人で住んでいるからだ。

兄妹二人で住むには、この家はかなり広い。父親が自分で建てたものだ。

大工としての屋号は山木《やまき》という。さくらたちの曽祖父《そうそふ》に当たる人が信州《しんしゅう》から出てきて江戸で大工をはじめたとき、故郷の村の名をそのまま取ったらしいのを、父親からきいた。

夕餉はできた。鰺の塩焼きに豆腐の味噌汁、椎茸《しいたけ》の煮つけたものにたくあんだ。

豪華だな、とさくらは思った。はやく雅吉に食べさせたい。

庭のほうから人の声がした。兄ではない。女の声だ。

あれは、と思ってさくらは庭に面する座敷に出た。障子をあける。

薄暗い庭に若い女が立っていた。

「ああ、さくらちゃん」

声をだしたのは、近所の長屋に住むおふみだ。歳はさくらより一つ上にすぎないが、もう三人の子持ちだ。夫は大工。

「どうしたの、おふみさん」

「上の子の姿が見えないのよ。こちらに来てないかなと思って」

「研助《けんすけ》ちゃん。ううん、来てないわよ」

さくらとおふみが仲がいいこともあり、研助はさくらになついていた。一人で遊びに来ることも多い。

「そう」

「心当たりは行ってみたの」

「うん、だいたい」

「私も一緒に捜すわ」

「いいの。雅吉さん、まだ帰ってきてないんでしょ。さくらちゃんがいなかったら、心配するわよ」

「いいわよ、心配させとけば」

行きましょう、とさくらは下駄を履いた。履き慣れた下駄だけに、走ることもできる。

「研助ちゃん、いつ出かけたの」

「お昼すぎかしら。遊びに行くって出ていったんだけど」

「どこへ行くって」

「きいた気はするんだけどね、はっきりと覚えてないのよ」

「誰と遊びに行くって」

「それも覚えてないの。でも、友達の家には行ってなかった」

ほかにも、近くの原っぱや林、田んぼのほうにも行ってみたが、研助はいなかったという。

「もうあの馬鹿、どこに行っちゃったのかしら」

研助は四歳だ。体は小さい。自分の足で行けるところなど限られている。

ただ、もし自分の足ではなかったとしたら。子供の連れ去りはよくある。はやくから

しこんで陰間《かげま》として売り払う、という噂はさくらも知っている。

もし研助がそんな輩《やから》にかどわかされたのだとしたら。

駄目よ、とさくらは自らにいいきかせた。そんなことを思ったら、本当になってしまう。もっといいことを考えなければ。

幼い頃、姿の見えなくなった兄を捜したのをさくらは思いだした。

あのときは心配でならなかった。今も研助のことが心配でならない。おふみはもっと心配なはずだ。

「二手にわかれましょう。おふみさんはもう一度、心当たりを捜してみて」

「ええ、そうする」

さくらは、子供の頃をもっとはっきりと思いだすことにした。兄をどこで見つけたか。

さらわれたのでないのなら、研助はどこか近くにいる。兄を捜したのはもう十五年近くも前の話だが、このあたりはほとんど変わっていないし、子供の行くところなど同じにちがいない。

そういえば、とさくらは思った。おふみは原っぱも捜したといったが、あそこをとことん捜してみたのだろうか。

もしかしたら、研助は兄と同じことになっているのではないだろうか。

さくらは足をはやめ、海辺大工町代地の南に広がる材木置き場のほうに向かった。

このあたりには原っぱがいくつかあり、子供たちの格好の遊び場所になっている。

さくらは、兄を見つけた原っぱに足を踏み入れた。だいぶ暗い。残照がかろうじて西の空を紫色に染めているだけだ。原っぱに暗黒の波が押し寄せてきているようで、さくらは心細いものを覚えた。

懐から小田原提灯をだし、火を入れた。高くかざしてみたが、提灯の灯はあまりに頼りなく、ほんの半間ほどをわびしく照らしだしたのみだった。

さくらは研助の名を呼んだ。

応えは返ってこない。

さくらは、兄がどのあたりの穴にはまって身動きできなくなっていたか、思いだそうとした。

埋め立てられた土地であるのが関係しているのか、土がゆるい場所があり、いきなり子供がはまってしまうだけの穴があくことがときにあるのだ。

さくらは慎重に進んで、雅吉がはまっていた穴のそばにやってきた。

確かこの辺だったはずだわ。さくらは提灯で照らした。

はっとした。積みあげられた材木の横に、差し渡し三尺ほどの穴がぽっかりとあいているのが見えたのだ。

研助ちゃん、と呼びかける。

だが、やはりなんの答えもない。

ここで自分も穴にはまってしまったら、なんにもならない。さくらは土の様子を見極めながら、じりじりと近寄っていった。

穴の上に提灯を持ってゆく。

深い穴の奥に、人影のようなものが見えた。

研助ちゃんだ。ほっとする。小さな体を丸めて、目を閉じている。寝ているようだ。多分、泣き疲れて眠ってしまったのだろう。

一人で助けるのは無理だ。ここは研助を起こさないほうがいいだろう。男たちを呼ばなければ。

研助ちゃん、もう少しだから待っていてね。

さくらは静かにあとじさった。

研助は無事に助けだされた。

穴から出た直後はたくさんの人に囲まれて呆然としていたが、おふみの姿を見るや、大泣きした。

見つかってよかった、と胸をなでおろしてさくらは家に戻ってきた。

雅吉が帰ってきていた。居間にぼんやりと座っている。

「ごめんなさい、おなか空いたでしょ」

しかし雅吉はなにもいわない。さくらがどこに行っていたのかもきかない。

「どうしたの」

なにをいわれたのかわからない顔で、雅吉が顔をあげる。

「ねえ、兄ちゃん、どうしたの」

「なにが」

抑揚のない声できき返してくる。

「なにがって」

さくらは兄の前に座りこんだ。もう我慢できない。

「兄ちゃん、いったいどうしちゃったのよ。このところ、ずっと様子がおかしいじゃないの。いったいなにがあったの」

雅吉はいうべきか迷っている。

「ねえ、昔、兄ちゃんが穴にはまったときのこと、覚えてる」

なにをいいだすのか、という顔で雅吉は見ている。

「今日ね、研助ちゃんの行方《ゆくえ》が知れなくなったの。同じように穴にはまってたわ」

雅吉が驚く。

「そう、昔と同じように私が見つけたの」

さくらは兄の手を握った。夏になったというのに、ずいぶんと冷たかった。

「なにがあったのか、話して。きっと私が助けてあげるから」

その言葉は兄の胸に届いたようだ。わかったよ、と雅吉は静かに口にした。

事情を語りだした。

きき終えてさくらは驚愕《きょうがく》した。しかし、とすぐに思った。助けてあげられないことは決してない。

「そう、博打で……」

さくらは兄をじっと見た。

「もう博打はやめてね」

「ああ、わかってる。二度とやらない」

さくらは、雅吉の瞳に本気を読み取って安心した。これなら大丈夫だろう。兄は心から懲りているのだ。

さて、どうするか。どうすれば、兄をこの苦境から救いだせるか。

さくらは一筋の光が脳裏をよぎったのを見た。これでいけるだろうか。

きっとやれる。大丈夫だ。

「ねえ、兄ちゃん、才田屋さんから預かったお金、まだ十五両は残っているのね」

「ああ」

雅吉の顔にいぶかしげな色が浮かぶ。

「私に預けて」

「えっ」

「はやくして」

「どうするつもりだ」

さくらは兄に教えた。

ええっ。雅吉はひっくり返りそうになった。

「さくら、本気か」

「ええ、本気よ」

「でもさくら、おまえ、場所を知らないだろうが」

知っているとはいいにくかった。いえば、雅吉をつけていたことがばれる。

「教えて」

雅吉は渋っていたが、さくらの説得によってようやく告げた。

大事に手ふきに包みこんだ十五両を、懐にしまってさくらは家を出た。

目指したのは深川猿江町だ。

ほとんど走るようにして、四半刻ほどで見覚えのある寺の参道前に着いた。

行くわよ。大きく息をしてから、さくらは参道に足を踏み入れた。

寺の本堂が大きな影となって見えている。山門の前に数名の男がたむろしているのは、この前と同じだ。

さくらはひるみそうになる心を励まし、男たちの前に立った。

「おっ、なんだい。ずいぶんきれいなお姉ちゃんじゃねえか」

一人が軽口を叩く。

「なにか用かい」

「勝負させてほしいの」

「えっ、おめえさんがか。本気かい」

「ええ」

うしろからがっしりとした男が出てきた。最初の男が一礼して引き下がる。

「女だろうと勝負させるのはかまわねえが、肝腎のお足は持っているのかい」

さくらは手ふきの包みをだし、ひらいた。提灯が当てられる。

ほう、と目をみはった男がうなずく。

「よし、入れてやんな」

山門のくぐり戸に身を入れようとして、さくらは立ちどまった。

「どうした、臆《おく》したのかい」

「そんなこと、ありません」

さくらは境内《けいだい》に足を踏み入れた。

正面に本堂が見えている。石畳の脇に四つばかりの灯籠《とうろう》があるが、明かりは入れられていない。

どきどきする胸を軽く押さえてから、さくらは石畳を進んだ。

「こっちだよ」

本堂をまわりこむ。本堂には裏からあがる形になっていた。

さくらは本堂に入った。おびただしいろうそくが灯されている。男ばかり三十人はいるだろうか。熱気が渦巻いている。

やくざ者のかけ声、客たちの歓声や嘆声。それらが勝負のたびに入りまじって波濤《はとう》のようにきこえる。

場ちがいなところに来た、と正直さくらは思った。しかしここまで来て、勝負しないわけにはいかない。

案内してきた男にいわれ、さくらは金をこまに替えた。

「十五両、全部替えるのかい」

帳場の者が驚く。

「こりゃ度胸のいいお姉さんだ」

さくらは十五両分のこまを手にして、壺振《つぼふ》りの前に正座した。女じゃねえか、と客たちの目がさくらに集まった。

さくらは十五両全額を半に賭け、勝負した。おう、と客たちからどよめきが起こる。すげえ度胸だな。でも大丈夫かよ。そんな声もきこえた。

いきなりの大勝負のためになかなかこまがそろわなかったが、賭場の者たちが必死に声をだしたおかげで、客のほとんどが丁にまわった。

さくらは見ていられなかった。だがここで目をそらすわけにはいかない。必死の思いで壺をにらみつけていた。

「勝負っ」

声がかけられ、壺があげられる。

一瞬、さくらは目をつむった。

「三四の半」

その声がきこえ、ああ、という嘆声が場を包みこむ。

「お姉ちゃん、どうした。勝ったんだよ」

隣の男にいわれた。

「えっ、本当」

「本当さ」

ほとんどすべてのこまがさくらのもとに集まった。

やった。十五両がいきなり倍になった。躍りあがりたい気分だった。

この調子よ、とさくらは冷静に思った。昔から勘だけはいいんだから。


雅吉は気が気ではなかった。さくらを一人で行かせるんじゃなかった。

俺もついてゆくべきだった。

でも賭場へ行けば、また借金のことをいわれるのだろう。それはいやだった。

我ながら情けない。これで男なのか。

さくらは大丈夫だろうか。勝っただろうか。昔から勘だけは鋭かった。

あの勘のよさをもってすれば、勝てるのではないだろうか。雅吉は心から願った。

ときはゆっくりとすぎてゆき、深夜になった。

雅吉はいらいらした。さくらはどうしたんだろう。

庭のほうで物音がし、雅吉ははっとした。

枝折戸があいた音だ。帰ってきたのだ。

雅吉は立ちあがり、庭に面している座敷に向かった。

庭に人影が立っている。木像のように動かない。

「さくら」

雅吉は呼びかけた。

「兄ちゃん」

力ない声が返ってくる。

「どうだった」

さくらが近づいてきた。顔から血の気《け》がなくなっている。

「増えちゃった」

ぽつりといった。

「なにが」

「借金」

なんだと。

「いくらに増えたんだ」

「百両」

雅吉が賭場にこしらえた借金は五十両だ。

「百両」

雅吉はふらっとした。足に力をこめて必死にこらえる。

「本当なのか」

「ええ……」

死ぬしかないな、と雅吉は思った。最後まで残してあった十五両が消えた上、新たに五十両もの借金が増えてしまったのだ。

七

もうすっかりいいな。

丈右衛門の体調は回復していた。もう少し長引いてもよかったかな、と思っている。それだけお知佳の看病は心地よかった。心がこもっていた。

まだ文之介は帰ってきていない。今日はいつもよりおそいようだ。

なにかあったのだろうか。

そういえば、昨日帰ってきたとき、少し暗かった。話したがっているようにも感じたが、結局なにも話さなかった。

なにかあったんだろうな。

丈右衛門は腕を組んで考えはじめたが、さすがに思い浮かぶものはない。

腹が減った。お春は最近、夕餉をつくりに来ない。お知佳が今も来ているものと思っているのだろう。

実の娘で、同じ組屋敷内の三好信吾《みよししんご》のもとに嫁いだ実緒《みお》は今、身ごもっている。じき生まれるはずで、こちらも飯をつくりに来てくれない。

よし、久しぶりに自分でつくってみるか。丈右衛門は立ちあがり、台所に行った。

かまどで飯を炊こうとしたが、米がどこにあるのかわからない。

あれ。

ようやく捜しだし、米をとごうとした。今度は、米をとぐのに必要な深い鉢が見つからない。

弱ったな。

ここで丈右衛門はあきらめた。駄目だ。やっぱり男はこういうことにはまるで役に立たない。

丈右衛門は、お知佳のつくってくれた飯をなつかしく思いだした。あれはうまかった。一緒になれば、あの飯を毎日食べることができる。とてもうれしいことだが、それ以上に、あの笑顔を毎日目にできるというのが、とてつもない喜びに思えた。

そういう日が果たしてやってくるものか。

丈右衛門としては、どうしても歳の差を考えてしまう。

考えていても仕方なかった。まずは、さっきから鳴いてばかりいる腹をなだめてやらなければ。

近くに食べに出ることにした。いや、飯よりも酒にするか。そういえば、ずっと飲んでいない。

そんなことを思ったら、ごくりと喉が鳴った。冷たいやつをくいっとやったら、さぞうまかろう。

丈右衛門はいそいそと着替えをした。

着替え終わり、玄関のほうにまわろうとして、庭のほうから女の声をきいた。

あれは。丈右衛門は期待を持って縁側に出た。

やっぱりお知佳だった。

「ああ、御牧さま」

夜のなかに浮かぶ白い顔は、百合《ゆり》のように美しく見えた。どこかはかなげにも映る。

庭におり、抱き締めたくなった。その衝動を抑えるのに丈右衛門は苦労した。

「どうした」

それには答えず、お知佳が夕食は召しあがりましたか、ときいてきた。

「いや、まだだ」

お知佳が丈右衛門の着物に視線を当てる。

った。

「お出かけでしたか」

「外に食べに行こうと思っていただけだ」

それをきいたお知佳が、勝手知ったるという感じで夕餉をつくってくれた。

「お待たせしました」

目の前の箱膳には、鰯《いわし》の丸干し、豆腐の味噌汁にわかめの和《あ》え物《もの》、茄子《なす》の漬物とい
ったものが並んでいる。

「豪勢だな」

「どうぞ、お召しあがりください」

丈右衛門は湯気がほかほかとあがっているご飯を食べはじめた。

「うまいな。どうしてお知佳さんが炊くご飯はこんなに甘いのかな」

丈右衛門はお知佳を見た。

「食べぬのか」

「よろしいのですか」

「むろんよ。一緒に食べたほうがうまかろう」

ありがとうございます、といってお知佳も一緒に食べはじめた。

食べ終えて、丈右衛門は茶を喫した。

「もうすっかりお加減はよろしいようですね」

「ああ、お知佳さんのおかげだ、前より元気になったくらいだ」

「本当は早退《はやび》けして、こちらに来たかったのですけど、なかなかそうもいかず……」

丈右衛門は笑顔を見せた。

「そんなこと、気にする必要はないさ。才田屋には、腹を空かしている若い者が多い。お知佳さんが夕餉をつくってくれぬとみんな、残念がろう。――お知佳さんはどうだ。奉公には慣れたか」

「はい、慣れました。皆さん、いい人ばかりで、働いていてとても楽しいです」

「そうか、それはよかった」

丈右衛門はお知佳をまっすぐ見つめた。

「それで今日は。まさか夕餉をつくりに来てくれたわけではあるまい。奉公先でなにかあったのでは」

「はい、その通りです」

お知佳の表情は真剣そのものだ。

丈右衛門は茶を飲みきり、姿勢を正した。

「よし、話してもらおうか」

お知佳が、盗みに入った大工の話をした。どうしてその大工がそんな仕儀《しぎ》に至ることになったのかも語った。

才田屋に出入りしている大工が誰か、丈右衛門は知っている。二年前に棟梁が死に、せがれが跡を継いだはずだ。

そう何度も顔を合わせたわけではないが、せがれは雅吉という名の少し気の弱そうな男だった。焼き物を盗みだそうとしたのは、その雅吉だろう。

「賭場の借金と妙な儲け話か」

丈右衛門はつぶやき、顎をなでた。

「どこの賭場か、その大工は申していたか」

「いえ、ききませんでした」

丈右衛門はしばらく考えこんだ。雅吉の父親は一時、博打に凝っていた。雅吉の母親から相談され、丈右衛門は諭したことがある。

あの父親が通っていた賭場は、確か紺之助《こんのすけ》の賭場のはずだ。せがれも、もしや同じではないか。

紺之助か、と丈右衛門は頬がゆるむのを感じた。十五の歳まで寝小便をしていた男。しばらく会っていない。どうしているのか。

「お知佳さんはどうしたいんだ」

「助けてやりたいんです。このままだと、また同じようなことをするんじゃないかと思えるものですから」

これも因縁かな、と丈右衛門は思った。父親のほうは博打から引きはがすことができた。せがれも、面倒を見てやらなければ駄目か。

自分が紺之助のもとに出向くのが最も話としてははやいだろうが、ここは文之介にまかせる気になった。

文之介が紺之助のことを知っておくのも悪くはなかろう。

それにしても、その儲け話とはなんだろう。

丈右衛門は興味を惹かれ、自分で調べてみたくなったが、いや、やはりここはすべて文之介にまかせよう、と決意した。

八

奉行所からの帰路、文之介は足をとめ、提灯を高く掲げた。

向こうから提灯を下げて、とぼとぼ歩いてくる娘がいた。

「やっぱりお春じゃねえか」

いきなり声をかけられてびっくりしたようだが、誰かわかってお春の顔には喜色が浮かんだ。

「あら、文之介さん」

「一人か」

「うん」

「どうした、元気がないようだけど。提灯の灯も暗く見えるぜ」

「ちょっとあったの」

「どうした、なにがあった」

お春はさっき、文之介の屋敷の門近くまで行ったという。そこでお知佳が屋敷に入ってゆくのを見たのだ。

「それで黙って帰ってきたのか」

「ええ」

「お知佳さん、今もいるんだろうな」

「そうでしょうね」

「俺、屋敷に帰って大丈夫かな」

「どうして」

「まずい場面を目にするなんてことはないかな」

「あるわけないでしょ。おじさまよ、文之介さんじゃないんだから」

「親父だって男だからな。——お春、飯は食ったのか」

「まだよ」

「だったら、うちで食べていかないか」

「でも……」

「きっとお知佳さん、父上のために食事をつくりに来てくれたのさ」

どうかしら、という顔をしたが、お春は文之介の誘いを拒まなかった。

文之介とお春が屋敷に着いたとき、ちょうどお知佳は帰ろうとしていたところだった。

「あれ、帰るんですか」

「ええ、用事はすみましたから」

「一人で大丈夫ですか」

「送っていただけるそうです」

丈右衛門があらわれ、雪駄《せった》を履いた。

「というわけだ、お知佳さんを送ってくる。文之介、お知佳さんが夕餉の支度をしてくれた。うまいぞ。お春、文之介の給仕をしてやってくれ」

「はい、わかりました。――おじさま」

お春が丈右衛門に呼びかける。

「今度、私も夕餉をつくりに来てもいいですか」

「ああ、もちろんさ。いつものことではないか」

「ご馳走《ちそう》をつくりますから」

「そりゃ楽しみだな」

二人は寄り添うようにして、闇の向こうに消えていった。

「こいつはうまいな」

文之介はがつがつ食った。

「本当ね」

お春と差し向かいで食べるなど、文之介にとって夢のようなときだった。ずっとこれが続いてくれたら、と思ったが、ときは無情だった。

「帰るわ」

食事を終えてしばらくしてからお春がいった。文之介は三増屋まで送るために、立ちあがった。

「父上、うまくいきそうだな」

提灯を手に、文之介はお春の前を歩いた。

「そうね」

「なんだ、お春。焼き餅、焼かないのか」

「焼いても仕方ないもの」

「お知佳さんにはかなわないと思っているのか」

「そんなこと、思ってないわ。かなうとか、かなわないとか、そういうのはいいの」

お春がにっこり笑う。提灯の明かりにふっと浮かんだその笑顔は、瞳と頬がつやつやと輝いて、この世のものとは思えないほどかわいかった。

文之介は抱き締めたくなった。勇気をだして手をのばしたが、その前にお春は体をひるがえしていた。

三増屋は目の前だった。

「じゃあね」

手を振って、お春がくぐり戸に姿を消した。

ああ、行っちまった、と文之介がため息をつきかけたとき、くぐり戸があいた。

お春が顔をのぞかせる。

「今度、本当にご馳走をつくりに行くから、楽しみにしといてね」

「あ、ああ」

文之介は弾む足取りで、屋敷に帰った。

湯屋に行くのは面倒くさく、庭の井戸で水浴びした。汗を流すにはそれで十分だった。下帯を替え、いつでも寝られる態勢をととのえた。それでも眠るのには、まだはやかった。久しぶりに自室で書見した。

そうこうしているうちに、丈右衛門が戻ってきた。

文之介は居間に呼ばれた。

「なんでしょう」

「うむ、話があるんだ」

「もしや、お知佳さんが相談でも持ちかけてきたのですか」

お知佳はどうしてやってきたのだろう、と文之介は書見をしながら考えていたのだ。

「鋭いな」

丈右衛門が咳払いし、話しだした。

「では、その雅吉という大工の一件をなんとかすればよろしいのですね」

「そういうことだ」

「父上は、そのやくざの親分の紺之助とはどんな関係なのです」

文之介は興味を惹かれて、たずねた。

「幼い頃からのなじみだ」

「幼なじみというほど、親しくはないようですね」

「まあな。幼なじみというには、少しちがう気がする」

文之介は、丈右衛門から雅吉に関するさらに詳しい話をきいた。

これはどうやら、と思った。その雅吉という大工は吾市と同じ者にだまされたようだ。

これなら、仕事から離れることにはならない。

「なんだ、なにか納得した顔だな」

文之介は、吾市のことを話すべきか、迷った。

丈右衛門がこうして自分を頼りにしてくれるのだから、話さないのは筋が通らない気がした。

九

朝から薄雲が空全体に広がっていて、陽射しがさえぎられ、風は生ぬるかったが、だいぶすごしやすく感じられた。

しじみやあさりの行商人や蔬菜《そさい》の入った籠《かご》を担いだ百姓、これから仕事場に向かう職人たちも、今朝は軒下を選んで歩いてはいない。

「このくらいの暑さなら、仕事をしていても苦にならねえな」

文之介はうしろの勇七に声をかけた。

「どんな天気だろうと、旦那は花形と呼ばれる定町廻りなんですから、仕事が苦になるようじゃ困るんですよ」

「勇七、おめえは相変わらずかてえなあ。心配するな。俺はこの仕事が天職だと思っている。天職が苦になるはずがねえよ」

「そうでしょうねえ。あっしも、それは認めますよ。旦那は同心として、手練《てだれ》になる素質がありますからねえ」

「手練だと。今、そうきこえたが、まちがいねえか」

「はい、そういいましたから」

「手練かあ。実にいい響きだなあ」

「はやくまわりからそういうふうにいわれる人になってくださいね。ところで旦那、どこに向かってるんです」

「あれ、いってなかったか」

文之介は勇七に伝えた。

「やくざ者の親分ですか」

「親父の頼みだから、断れねえ」

「旦那、ご隠居に頼まれてずいぶんとうれしそうじゃないですか」

「そんなことねえよ。これがお知佳さんの頼みじゃなかったら、断ってるところだ」

「相変わらず強がりですねえ」

「強がってなんか、ねえよ」

「はいはい、そういうことにしておきましょう」

南本所石原町《みなみほんじょいしわらちょう》に入る。

「旦那は、その紺之助という親分の家を知っているんですね」

「昨日、親父からきいた」

町に入って最初の角を右に折れる。左手に格子戸の門がある、立派な家が建っていた。

「ここだな」

「でかい家ですねえ」

「なんでも前は商家だったらしいぞ」

「なるほど、そういうことですか」

文之介と勇七は路地に足を踏み入れ、庭のあるほうに向かった。

目つきの悪い者が三人、枝折戸の前にたむろしている。

文之介はその三人に声をかけようとした。その前に、背後から近づく軽い下駄の音をきき、振り返った。

若い娘が小走りに駆けてくる。文之介の黒羽織にはっとしたが、軽く一礼して横を通りすぎていった。

かなりの美形だ。つり気味の目が勝ち気さを感じさせるが、瞳は生き生きと輝いて頭のよさを覚えさせる。形のよい唇はほどよく引き締まり、顎の線が流麗だった。歳はお春と同じくらいだろうか。

顔が見えたのは一瞬にすぎなかったが、このあたりは天職だけのことはあり、文之介はしっかり見て取っていた。

通りすぎていった娘が、ふと気づいたかのように振り返る。文之介を見つめ、あっ、と口が動く。顔を赤らめた。

なんだ、と文之介が見返すと、ここに来た用事を思いだしたのか、娘は三人の見張りに近づいた。

「こちらは紺之助親分の家ですか」

歯切れのいい言葉できく。

「おめえさん、何者だい」

やくざ者の一人が問う。

「きいてるのは私のほうよ」

「何者なのかいわなきゃ、教えられねえ」

「じゃあ、仕方ないわね。私はさくらというの。こちらには紺之助親分に用があってやってきたのよ」

「どんな用だい」

「親分さんにじかにいうわ」

「先にいってもらいてえな。妙な用事で通したら、こっちがどやされるんでな」

「そう。どうしようかしら」

さくらと名乗った娘は悩んでいる。

「娘さん、俺と一緒に入るか」

文之介は声をかけた。

娘の顔がぱっと明るくなる。

「本当ですか。お役人もこちらの家に用事がおありですか」

「ああ、俺も紺之助親分に会わなければならねえんだ」

「えっ、そうなんですかい」

三人の子分がいっせいに驚く。

「会わせてもらえるか」

「はい、ようございますけど」

困ったように娘のほうを見る。

「一緒に入れてもいいじゃねえか。この娘に、親分ともあろう者が命を取られるようなことはあるまいよ」

「まあ、そうなんでしょうけど」

文之介と勇七、さくらの三人は家にあげられた。

「娘さん、俺のこと、知っているのか」

庭の見える廊下を歩きながら文之介はきいた。

「はい、存じあげています」

「ほう、そいつはうれしいな」

文之介がいうと、娘は笑顔を見せてくれた。えくぼができて、かわいらしかった。

「この前、永代橋の上で、酔ったお侍と立ち合われたでしょ」

「ああ、あそこにいたのか」

そういえば、と文之介は心中でうなずいた。娘らしいやわらかな眼差しに見つめられていたようだったのを思いだした。

「ところで娘さん、先に俺が紺之助に会っていいか」

「はい、もちろんです」

文之介と勇七は来客用の座敷に入り、腰をおろした。さくらは隣の間に落ち着いた。

文之介は、子分が持ってきた茶を飲んだ。意外にうまい。勇七も小さな声で、いい茶葉をつかっているようですね、といった。

廊下を渡ってくる足音がきこえた。

「失礼いたします」

襖があき、頭がつるつるの男が顔を見せた。

「紺之助と申します。どうぞ、お見知り置きを」

深々と頭を下げ、座敷に進んできた。

こりゃまた暑苦しい顔、してやがんな、と文之介は思った。脂がべったりと貼りついた顔が、てらてらと光っている。目がぎょろりとし、鼻は潰れたように横に広がり、顎は鉄でもはめこんだようにがっしりしている。

さすがの貫禄《かんろく》があり、二十名からの子分を率いる器量は十分に認められた。

「丈右衛門さまのご子息ですかい」

低い声できいてきた。

文之介は苦笑した。

「子息という柄じゃねえが」

文之介は名乗った。

「文之介さまですかい。しかし、大きくなられましたねえ」

「俺と会ったことがあるのか」

「ええ、こんなにちっちゃい頃ですけど」

手で背丈を示してみせる。

「それがこんなに立派になられて……」

感無量といった顔だ。

「丈右衛門さまはお元気ですかい」

「元気すぎるくらいだ。ここに来たのも、親父に頼まれてのことだ」

「ほう、どんなことでしょう」

「ある男の借金棒引きだ。おまえさんの賭場でこさえたものなんだが」

「ほう、それはまた」

紺之助は驚いてみせたが、隣の間からも同じような気配が立ちのぼってきた。文之介は少し気になったが、かまわず続けた。

「どうかな、できるか」

「借金はいくらです」

「百両だ」

隣の間から、また驚きの気配が伝わってきた。それは紺之助にもわかったようだ。ちらりと襖に目を当てた。

「百両をなしにしろ、といわれますか。それはまた……」

さすがに紺之助はあきれている。

「丈右衛門さまの頼みといわれましても、なかなかむずかしいでしょうね」

「そこを曲げて頼みたい」

紺之助が口に手を当て、こほんと咳きこむ。

「その百両ですが、どなたさんの借金なんですか」

「雅吉という大工だ」

えっ、という声が漏れきこえ、いきなり襖があいた。さくらが敷居際《しきいぎわ》に立っている。

「それ、私の兄さんです」

叫ぶようにいい放つ。

「そいつはどういうことだい」

文之介はただした。勇七も意外そうな顔をしている。

「入ってもよろしいですか」

さくらにきかれ、文之介は紺之助を見た。紺之助がうなずく。

「入ってくれ」

文之介はさくらに告げた。

さくらが文之介の横に正座する。

「おまえさんの兄は、雅吉というのか」

「そうです。大工をしています。つまり、私とお役人は同じ用件でこちらに来たことになります」

「ということは、娘さん、紺之助親分に直談判《じかだんぱん》するつもりだったのか」

「はい、そのつもりでした」

さくらは深く顎を引いた。

「えらい根性しているな」

「しかし旦那」

紺之助が口をひらく。

「さっきも申しましたが、あっしもいきなり承知、というわけにはまいりませんよ。賭場をひらいているのは事実ですし、これ自体法度ですから、これをもって帳消しにしろ、といわれるのは筋かもしれませんが、決していかさまをしているわけではありません
し」

「では、借金を帳消しにする手立てはないのか」

「ない、ということはございませんが」

「きこう」

「はい。博打でこさえた借金なら、やはりさいころで勝負ということになりませんか」

文之介は紺之助のいいたいことを解した。

「なるほど。さしの勝負がお望みか」

「ええ。本来ならその雅吉さんが来なければならないんでしょうが、この娘さんが代人ということでよろしいでしょう。娘さんが勝てば借金棒引き、負ければ百両の借金を背負って女郎宿《じょろうやど》に行ってもらう。これでいかがですか」

「女郎宿か」

さすがに心配になり、文之介はさくらを見た。勇七も案ずる瞳をしている。

「私はかまいません」

さくらはあっさりと承知した。

「ちょっと待った。本当にいいのか」

「百両もの借金、なんの危険も冒さずに帳消しになるとは、はなから思っていませんでした。親分とのさしの勝負は望むところです」

紺之助が、ほう、と声をあげた。

「こりゃ、女にしておくにはもったいない度胸をしてなさる」

「本当にいいんだな。女郎宿に行く覚悟はあるのか」

「ありませんけど、百両の借金のためには通りすぎねばならない関なんでしょう」

ここまでいわれては、文之介は見守るしかなかった。

「勝負はここでやるのか」

紺之助にきいた。

「そのほうがよろしいでしょう」

さくらにも異存はないようだ。

「では、さっそくはじめましょうか」

立ちあがった紺之助が横の箪笥《たんす》の引きだしをあけ、壷を取りだした。

「なんだ、そんなところに隠してあるのか」

「隠すというほど大仰《おおぎょう》なことではないんですが、こいつはあっしが親父から譲られたものでしてね」

紺之助が再び座る。

「あっしの親父はもともと、国から国をめぐる流しの壺振りだったんですよ。それが運よく、江戸で一家を構えられるほどになりましてね。あっしはその跡を継いだだけです」

「へえ、そうだったのか」

紺之助が、懐から二つのさいころを取りだした。

「これをつかいますが、よろしいですかい」

紺之助がさくらにきく。

「見せてください」

さくらは手に取り、ためつすがめつ眺めた。畳に何度か転がし、二つのさいころが丁半どちらの目にもかたよらないのを確かめる。

「合点がいきましたかい」

はい、とさくらはさいころを返した。

「あっしがさいを振りますが、よろしいですね」

「はい、けっこうです」

「いかさまなど決してしません。それは信じてもらってけっこうですよ」

なめらかな手つきで紺之助は、さいころをもてあそんでいる。

文之介は、屋敷を出る前に丈右衛門から知恵をつけられたのを思いだした。

紺之助を見てただにやにや笑っていろ、と丈右衛門はいったのだ。どういうことです、と文之介は問うたが、丈右衛門は答えなかった。

「紺之助とは、口にしない約束をしているものでな」

なんのことかさっぱりわからなかったが、とにかく文之介は父の言にしたがった。

にやにや笑いをして紺之助を見ていると、やくざの親分は明らかに落ち着きをなくした。おどおどしている。

どうしてこんなふうになるのか。紺之助にはどんな秘密があるのだろう。

ごほん、と紺之助が大きく咳払いする。

「では、まいりますよ」

声に少し震えがある。

どうしたのか、という目でさくらも紺之助を見ている。

紺之助は大きく息を吸い、さいころを壺に投げ入れた。とん、と畳の上にかぶせる。

紺之助がさくらを見つめる。さくらは壺を凝視している。

「丁」

さくらが静かにいう。

文之介はどきどきした。勇七は目を大きく見ひらいている。

ほんの数瞬にすぎなかったのだろうが、かなり長いときがたったように思えた。

「勝負」

紺之助が壺をひらく。

「四六の丁」

紺之助が顔をしかめた。

やった、と文之介は思った。

「私、勝ったのですね」

脱力したのか、倒れそうになった体をさくらが自ら引き戻す。

「見ての通りだ。よかったな」

文之介がいうと、さくらが頭を下げた。額に浮かんだ汗を手の甲でぬぐう。

「ありがとうございます」

「娘さん、あんた、本当にいい度胸、していなさるね」

紺之助がほめたたえる。百両もの大勝負に負けたのに、さばさばしていた。

文之介には、紺之助がわざと負けたようにしか思えなかった。にやにや笑いなどする必要はなかったのだ。

紺之助に悪いことをした。文之介は、すまなかったな、と目顔で語りかけた。

紺之助はなにもいわず、表情も動かさなかったが、かすかに目礼を返してきたように感じられた。

「よし、もういいな」

文之介はさくらにいった。

「引きあげよう」

だがさくらは動かない。

「どうした」

「もう一勝負、お願いしたいんです」

これには文之介も驚いた。勇七も紺之助も同様だ。

「どうしてだ」

文之介はただした。

「こちらの賭場で、兄は三十五両を失っています。それを返してほしいんです」

「百両のあと、さらに三十五両か」

紺之助はさすがに苦笑している。

「いえ、それだけじゃないんです」

「どういう意味ですかい」

さくらが、雅吉がだまされて金貸しから五十五両、借りているのを告げた。

「じゃあ、あと全部で九十両、ほしいっていうんですかい」

「はい、そうです」

「そいつはまた――」

紺之助が絶句する。

「しかし、どうせなら最初から百九十両賭《か》ければ、手間が一度ですんだのに」

「最初は百両の借金がなくなればいい、と思ったんです。でも……」

「欲が出てしまったのか」

文之介がいうと、さくらがうなずいた。

「娘さん、よろしいですよ。もう一勝負いたしましょう」

「本当ですか」

さくらが身を乗りだす。

「でも娘さん、勝負はこの一度こっきりです。負けたら、九十両の倍、百八十両もの借金を背負うんですよ。むろん、その借金は女郎宿に行くことで返してもらいます」

「はい、承知しています」

「さいですかい。では、やりますか」

紺之助が気持ちを落ち着けるように一度、目を閉じた。仁王のようにかっと目を見ひらく。

さいころを壺に投げ入れた。

鮮やかな手つきで壺が畳に置かれる。

「勝負」

壺を見つめて、さくらはだいぶ考えていた。迷っている様子だ。

こういうとき、迷わないほうがいいのは文之介も知っている。大丈夫か。胸を激しく鼓動が打つ。

さくらが大きく息をつく。息を吐き終えたとき、口をひらいた。

「丁」

「丁でよろしいですね」

「はい」

さくらは静かにうなずいた。

「勝負」

かすかな間ののち、壺がひらかれる。

「二四の丁」

紺之助が頬をふくらませる。

「ふむ、また娘さんの勝ちですね」

さくらは再び大きな吐息をした。天井を見あげた目に涙が浮かんでいるように見えた。

文之介は横になりたいくらい疲れた。勝負している者以上に力が入った。

紺之助がさくらにやさしく語りかける。

「では、少しお待ちいただけますか。今、持ってまいりますから」


九十両を懐におさめ、さくらが歩いている。その姿には、今、大勝負をしてきたばかりの雰囲気はない。どこにでもいる町娘だ。

しかし、と文之介はしみじみ思った。やくざの親分のところに一人で来て、しかも勝負を挑むなど、なんて気の強い娘なんだろう。

さくらのうしろにいる勇七も、同じ気持ちのはずだ。

文之介は、さくらを家まで送るつもりだった。さくらの家は深川海辺大工町代地ということだ。南本所石原町からだと、かなり距離がある。

文之介としては用心棒のつもりだった。九十両もの大金を持つ娘だ、もし万が一があってはあの勝負が台なしになってしまう。

「お役人」

文之介のすぐうしろを控えめに歩くさくらが呼びかけてきた。

文之介は首をめぐらせた。

「そのお役人というのは、やめねえか。俺には御牧文之介って名があるんだ」

さくらに笑いかける。

「俺はおまえさんのことをさくらちゃんと呼ぶから、おまえさんは俺のことを呼びやすいように呼んでくれ」

「じゃあ、御牧さまでよろしいですか」

「ちょっとかてえが、いいよ」

「御牧さま」

さくらがあらためて呼びかける。

「紺之助親分、わざと負けてくれたのですよね」

「なんだ、わかっていたのか。さくらちゃんの度胸と心意気に打たれたんだろうぜ」

「私、わかっていて、もう一勝負申し出たんです」

文之介は黙って続きをきいた。

「すまないと思いましたけれど、背に腹は代えられなかったものですから」

聡明な娘だな、と文之介は感じ入った。きっと人にも親切なのだろう。

こういうふうにうまくいったのは、偶然では決してあるまい。情け深い心がめぐりめぐって、こんな形であらわれたのだ。

「さくらちゃん、雅吉のつくった借金はこれで大丈夫なのか」

「はい、そのはずです」

さくらが説明する。

「この九十両から安い利の金貸しに返せば、完済になるはずです」

「安い利というのは、いくらだい」

さくらが答える。

「利が月に五分だって」

そいつはずいぶん安いな、と文之介は引っかかった。うしろを振り返り、勇七を見る。

勇七がうなずく。文之介と同じ考えのようだ。

「ふつうは月に一割が相場だな」

文之介はさくらにいった。

「はい、私もそうきいています」

「そこだけどうしてそんなに安くしているんだろう」

「なんでもあるじは、仏、と呼ばれているそうです」

「仏ねえ。なんて店なんだい」

「三七屋とききました」

はじめて耳にする名だ。

文之介は考えはじめた。どうしてそんなに利が安いのか。

わからない。仏、といわれるくらいだから、心根がやさしく、そんなことをしているのかもしれない。

だが、心根がやさしい者が金貸しなどするものだろうか。なかにはむろんいるだろうが、文之介はなんとなく妙なものを感じた。

利が相場の半分。

なにかうしろ暗いことがあるからではないのか。

「さくらちゃん、どうして雅吉は三七屋から金を借りたんだい」

「ある人の紹介ということです」

「ある人というと」

「霊巌寺そばの店に、一緒にだまされた人だそうです」

「じゃあ、だまされた連中で三七屋に行ったのはけっこういたのかな」

「兄はそういうふうにいっていました。二十人くらいはいたと」

「二十人もか」

一人いくら借りたのかわからないが、利が半分といっても、二十人が借りてくれれば大きい。十人に相場で貸すのと同じだ。

文之介は勇七に眼差しを当てた。怪しくねえか、と目顔で語りかける。勇七がうなずきを返してきた。

よし、ここは本腰を入れて調べてみるか、と文之介は思った。

第四章　大芝居

一

三七屋のあるじは、吉兵衛という名だった。

仏、というにふさわしい風貌《ふうぼう》かどうか、文之介にはわからない。店を訪問して、会ってみればはっきりと見えてくるものがあるのだろうが、今それをすれば警戒させるだけだろう。

遠目でしか文之介と勇七は、吉兵衛の顔を見ていない。

柔和で福々しいのは、それでも十分にわかった。いかにも人がよさそうだ。

ただし、裏でなにかやっているのでは、という疑いは文之介のなかですでに濃いものになっている。あの福々しさは隠れ蓑《みの》でしかないのでは。

三七屋は深川常盤町《ふかがわときわちょう》三丁目にあった。店の名の由来は、商売をするにあたり、三が自分のため、七がお客のため、とのことだ。

店には吉兵衛のほかに番頭が二名、手代が四名もいる。店の大きさの割に、奉公人が多い気がしないでもない。

「なあ、勇七」

文之介は、連子窓《れんじまど》から一心に三七屋のほうをのぞいている中間に声をかけた。

「あいつら、何者なのかな」

「いいことをしていないのはまちがいないでしょうねえ」

「鹿戸さんや雅吉をだました者たちの仲間かな」

「仲間ではないんじゃないですか」

「だとすると、なんだ」

「あいつらが中心になって、騙《かた》りをはたらいたんじゃないですかね」

文之介はうなずいた。自分もそういうふうに考えていた。

文之介と勇七は、三七屋の斜向《はすむ》かいにある蕎麦《そば》屋の二階に陣取っている。風通しはいいとはいえないが、三七屋の人の出入りははっきりと見える。

ここに張りこむにあたり、文之介は桑木又兵衛に許しをもらっている。

例の儲け話にだまされた多くの者が、この三七屋の世話になったのが判明している。その多くはいまだに借金を返しきってはいない。利払いだけにとどまっている者がほとんどだ。

文之介と勇七は、あるじの吉兵衛のことを徹底して調べることにした。

いろいろな者に話をきいたが、吉兵衛の前身はわからない。

深川常盤町三丁目の名主に会い、人別帳《にんべつちょう》を見せてもらったが、九州肥後《ひご》の熊本の出、ということになっている。

しっかり人別送りもなされていた。これを見る限り、吉兵衛は肥後の出ということになるが、人別送りが偽造できないかというと、決してそんなことはない。

最もよくつかわれるのは、死んだ人間の人別を自分にものにしてしまう手だ。これは金で買える。

「しかし勇七、全然わからねえな。やつの正体をあぶりだす、なにかいい手立てはねえものかな」

文之介は蕎麦屋の二階に戻っていった。

「うどん屋の親父さん、なにか知らないですかねえ」

「ああ、いいな。行ってみるか」

蕎麦屋を出て、二人は名もないうどん屋に足を運んだ。

うどん屋の親父は、三七屋のことは知ってはいた。ただし、それだけのことで、吉兵衛についてはほとんど知らなかった。

「申しわけないですねえ、せっかくお越しいただいたのに」

「いや、いいよ。そんなに恐縮することはねえさ」

文之介は笑顔をつくり、冷たいうどんを二つ注文した。

昼をだいぶすぎ、空《す》いている刻限ということもあって、うどんは貫太郎がすぐに運んできた。

「お待ちどおさま」

「ありがとよ」

文之介はすすりはじめた。それをみて、勇七も食べだす。

「相変わらずうめえなあ、勇七」

「まったくですねえ。こんなにおいしいうどん、ほかでは食べられないですよ」

「ほんとだよな。力がつく気がする」

文之介は、そばで二人の食べっぷりをにこにこ見ている貫太郎に目を向けた。

「どうだ、少しは打たせてもらえるようになったのか」

「うん、少しね」

「旦那」

厨房から親父が呼びかけてきた。

「そのうどん、実は貫太郎が打ったものなんですよ」

「ええっ」

文之介はひっくり返りかけた。勇七はうどんを口から噴きだしそうになり、げほげほとむせている。

「本当か」

文之介は親父にただした。

「嘘をいってもはじまりませんから」

文之介は貫太郎をまじまじと見つめた。

「おめえ、筋がいいなあ。いや、そんな言葉じゃすまされねえか。正直、親父のうどんにも負けてねえぞ」

「本当」

「ああ、本当さ。俺は親父の打ったうどんだと思って食ってたもの。なあ、勇七」

「ええ、まったくですよ」

「あっしも驚きましたよ」

親父が首を振っている。

「いつの間にこれだけ打てるようになったのか。あっしが毎日打っているのを見て、真似したらしいんですが、すごいですよ。お客さんにだしたのは、それがはじめてですがね」

「これなら俺たちだけじゃなくて、ふつうにだしても文句いうやつなんて、いねえぞ」

「そうですよねえ。あっしもそう思ったんで、ださせていただいたんですよ。最初に召しあがっていただくのは、お二人だって貫太郎と前もって決めてたんですけどね」

「そうだったのか。ありがとう。——でもすごいな、貫太郎」

文之介は心からほめたたえた。

「いや、まだこれからだよ」

貫太郎が頭をかく。

「まあ、そうだな。あまりほめて天狗《てんぐ》になっても困るものな」

「そういうことだね」

貫太郎が笑う。すぐに真剣な表情になり、顔を寄せてきた。

「ねえ、文之介の兄ちゃん」

「なんだ」

「その三七屋から証拠となるような物、すり取ってやろうか」

文之介はだんと畳を蹴った。

「この馬鹿野郎っ」

ひっ、と貫太郎が喉の奥から声を漏らした。

文之介は貫太郎の襟元をつかんだ。

「おまえ、俺がそんなことしてもらって喜ぶとでも思っているのか」

「えっ……」

「こんなにうまいうどん、打てるようになったっていうのに、貫太郎、おまえまだそんなことをいうのか。まったく情けなくて涙が出るぜ」

文之介は実際に涙ぐんでいた。

「……ごめんなさい」

貫太郎の妹のおえんと母親のおたきがびっくりして、厨房から出てきた。

「旦那」

それに気づいて、勇七が文之介の袖を引く。

文之介はふう、と息をつき、貫太郎から手を放した。

「貫太郎、もう二度とそんなつまんねえこと、いうんじゃねえぞ」

「はい、わかりました。ごめんなさい」

貫太郎は泣いている。

親父がやってきて、頭を下げる。

「貫太郎がなにをいったのか、見当がつきます。でもそれは旦那のことを思って、つい口を滑らしたんですよ。旦那、勘弁してやってください」

「わかってるさ」

文之介は手をのばし、貫太郎の頭をごしごしとなでた。

「もう怒っちゃいねえよ。だからもう泣くな」

貫太郎はまだ涙を流している。

「貫太郎、またうまいうどん、食わしてくれな」

文之介は代を払った。

「騒がしてすまなかった」

親父にいい、店を出た。

「旦那があんなに怒ったの、久しぶりに見ましたよ」

道を歩きはじめて勇七がいった。

「でも貫ちゃん、もう二度とあんなこと、いわないでしょうね」

「いってもらっちゃ困るんだよ」

文之介は空を見あげた。

厚い雲がどんよりと垂れこめ、太陽はどこかに隠れている。今にも雨が落ちてきそうだ。

「また梅雨みてえな空になってきやがったなあ」

文之介は目に残った涙を指先でぬぐい取った。

「雨、降りますかねえ」

「降らねえうちに、証拠をつかんじまうか」

文之介と勇七は、三七屋のことを再び調べはじめた。

二

「ちょっとまわりがうるさいことになっているようだな」

吉兵衛は二人の番頭を前にいった。

「ええ、町方がうろついていますよ。例の丈右衛門のせがれです」

番頭の一人が答える。

「そうらしいな。しかも、向かいの二階にひそんでいるそうじゃねえか」

「どうします。始末しますか」

もう一人の番頭があっさりとそんなことを口にしたから、吉兵衛は驚いた。

「剣呑《けんのん》なこと、いうんじゃねえ。人を殺《あや》めない、というのが俺たちの信条だ」

「でも旦那、このまま放っておけば、あっしたちの首が飛びますよ」

その通りだ。吉兵衛には追いつめられたな、という思いがある。しかも、おそらく三七屋だけのことではない。

頭にも手がのびかねない。ここで、なんとしても食いとめなければならない。

「だが、どうすればいい。調べをやめさせる手立てなどあるか」

「やはり御牧文之介と中間の口を封じてしまえばよいのでは」

番頭の一人がいう。

「今のところ、嗅ぎまわっているのは二人だけです。ということは、番所のほかの者には知らせていないと考えていいんじゃないでしょうか」

吉兵衛は首を振った。

「それはちと甘いな。上役には、わかっていることすべてを知らせているはずだ」

「とすると、口封じなどしたところで意味はないですよ」

「そうですよ。それに、もし殺ったとしても、あっしらだとすぐにばれちまいます」

「とにかくだ」

吉兵衛は二人を交互に見た。

「御牧文之介の身辺を探ってみろ。探ることで、なにか手立てが見えてくるかもしれん」

さすがに腕利きの配下で、一日で御牧文之介のことを調べあげてきた。

「旦那、さすが丈右衛門のせがれといっていいと思いますぜ。ほかの同心とは一味も二味もちがいます」

番頭の一人がいい、もう一人が続けた。

「その通りです。若いのに、これまで何度か大きな手柄をあげています。見習からあがったばかりの頃は、ずいぶんと頼りなかったようですが、今はだいぶ成長しているようです」

「剣のほうも、相当の遣い手らしいのがわかりました。つい最近では、大川の橋の上で、遣い手の勤番侍をあっという間に打ちのめしたらしいです」

「となると、襲うのはむずかしいか」

「そうなりますね」

「なにか弱点はないのか」

吉兵衛は配下にただした。

「あります」

一人が自信たっぷりにいう。

「いってみろ」

「あの御牧という同心、お春という娘にぞっこんです」

「ほう」

「その娘を盾に、探索をやめさせるというのはいかがですか」

「やめさせるか。ちと弱いな」

かたく目を閉じて吉兵衛は決意した。

「ここは殺しちまったほうがいい。御牧文之介を亡き者にすれば、あとは鹿戸吾市のようなぼんくらぞろいなんだろ。となれば、わしたちへの探索はろくに進みやしねえってことだ」


丸二日、三七屋吉兵衛のことを調べ続けたが、結局、なにもつかめなかった。

「くそっ、駄目か」

文之介は土を蹴りあげた。

「旦那、地面にあたってても仕方ないですよ」

「でも勇七、悔しいじゃねえか。証拠さえつかめれば、鹿戸さんを牢からだせるかもしれねえっていうのに」

文之介は昨日、思いついて吾市に会ってきたばかりだ。吾市は憔悴しきっていた。切腹の覚悟を決めたわけではあるまいが、すでに身辺には死の影が忍び寄ってきているように感じられた。砂吉もすっかりまいっているようで、ここしばらく寝こんでしまっているらしい。

勇七が静かにかぶりを振る。

「気持ちはわかりますが、旦那、ここは冷静になりましょうや」

今日は一日中、快晴だった。太陽は激しく燃え盛っていた。もうすっかり暗くなってきているのに、その名残《なごり》が地面にあり、ふつうに歩いていてもかなり蒸す。

「勇七、仕方ねえ、今日は番所に戻るか」

今日は蕎麦屋には、ほかの者がつめている。

「ええ、そうしましょう」

打ち水がしてあるところが多いが、暗さが増すにつれて風がなくなってきたこともあるのか、むしろ夕方頃より暑く感じられた。

汗をだらだら流しながら、文之介と勇七は南町奉行所に帰ってきた。

「御牧さま、こちらを預かっています」

表門のところで小者が駆け寄ってきて、文を渡してきた。

「おう、ありがとよ」

文之介は文に目を落とした。

「誰からだろう」

「旦那、恋文じゃないですか」

勇七がにやりと笑う。

「なに。ああ、そうかもしれねえな。俺に惚れちまった町娘あたりか」

どうしてか、さくらの顔が浮かんできた。文之介はいそいそと手紙をひらいた。

「あれ、お春からだ」

「お春ちゃんですかい。なら、恋文ってことはないですねえ」

「いや、恋文かもしれねえぞ。思いの丈をつづっているのかもしれねえ」

「それはちがうでしょう。お春ちゃんが気持ちを打ち明けるのなら、文ではないと思いますね。じかに告げるんじゃないですか。そういう娘だとあっしは思いますね」

そうかもしれんな、と文之介は思った。

「だったらなんの文なんだ」

文之介は首をひねりつつ、表門の明るい提灯の下で文を読んだ。

文には、文之介がいつも仙太たちと遊んでいる原っぱのことが記されていた。そこでお待ちしています、と締めくくられていた。

「なんだ、こりゃ」

原っぱというのは、行徳河岸近くの原っぱのことだろう。どうしてお春があんなところで俺を待つというのか。

しかも、お待ちしています、と記されている。いくら文とはいえ、お春が文之介に対してていねいな言葉をつかうのは珍しい。

これってお春の字なのか。まさか、番所の誰かにからかわれているんじゃねえのか。

文之介はじっと見た。

少し字が震えているが、お春の手跡《しゅせき》と見てまちがいない。

お春のやつ、と文之介は思った。俺への思いをあそこで告げるつもりなのか。

にんまりしかけたが、いや、待て、と文之介は心の手綱《たづな》を引いた。そんなにうまくいくはずがないぞ。

とにかく行ってみよう。

「なんの文だったんです」

勇七がきく。

「恋文だよ」

「えっ、本当ですかい」

「いや、正直いえばわからねえ。俺のことを原っぱで待っている、と書いてあるんだ」

「原っぱって、旦那が子供たちとよく遊んでいる原っぱですかい。だったら、逢い引《あび》きの誘いじゃないですか」

「そうか、逢い引きか」

言葉の響きに心が躍る。

「でも、逢い引きの誘いにしては、妙な刻限ですねえ」

「勇七、逢い引きってのは、暗くなってからのほうが楽しいものだろ。じゃあ、俺は行くぞ。また明日な」

「はい、ご苦労さまでした」

勇七とわかれた文之介は詰所で一仕事してから提灯を掲げ、一人歩きだした。

だいぶ歩き進んでから、あれ、と気づいて足をとめた。

今日は確か……。

三

おかしいな、と丈右衛門はいぶかった。どうしてお春は来ないのか。

丈右衛門は日をまちがえたか、と思った。お春が、ご馳走をつくりに来る、といったのは今日だったはずなのだが。

「腕によりをかけてつくりますから」

この前来たとき、お春はそうはっきりといったのだ。

もう少し待ってみるか。

胸のうちが波立っているが、無理に静めて丈右衛門は将棋盤を押入れからだした。ときを潰すのにはこれが一番だ。

だがまったく集中できなかった。

やはりおかしい。お春は約束をたがえるような娘ではない。一度口にしたことは、必ず守る。

なにかあったのでは。

丈右衛門は腕を組み、思案した。

お春になにかあったとして、なにが考えられるか。お春が狙われるとしたら、どういう事情が考えられるか。

最も考えやすいのは、文之介が想っている娘だということだ。

ここ最近の文之介の働きは、目をみはるものがある。もうすっかり一人前だ。

その働きを邪魔に思う者がいるとしたら、どうだろうか。その何者かは、文之介をどうしてもこの世から除きたいと考えた。

文之介は遣い手だ。しかも、実戦となればさらに力を発揮する。

正面から挑んだのでは、この世から除くのはむずかしい。お春を人質に、と考えたとしても不思議ではないのではないか。

考えすぎだろうか。

丈右衛門は湯をわかし、茶をいれた。濃くいれた茶を飲み、心を落ち着けた。

それからしばらく待ったが、やはりお春はあらわれない。

今、何刻《なんどき》だろう。もう六つ半をすぎたのではないか。

もう我慢できなかった。丈右衛門は立ちあがった。こういうときは素直に自らの勘にしたがったほうがいい。

屋敷を出て、三増屋に向かった。

お春がご馳走のことを忘れていて、家にいればそれでいい。安心できる。

しかしお春はいなかった。

「娘は七つ半前に、お屋敷に向かいましたが……」

藤蔵が呆然としていう。

「七つ半だな」

「はい、まちがいございません」

藤蔵の顔は、気がかりの一色で塗りつぶされている。

「娘になにかあったのでしょうか」

丈右衛門には、ごまかすことなどできなかった。

「まだそうと決まったわけではないが、文之介絡みでかどわかされた、というのが最も考えやすい」

「かどわかされた……」

「もしそうであっても、必ずお春は取り返す。藤蔵、待っていてくれ」

「はい、わかりました」

藤蔵の顔には、信頼という文字が深く刻みこまれている。

「まずは文之介に会わなければな」

三増屋を出た丈右衛門は、一人つぶやいた。

奉行所に向かう。

表門の右側にある小さな門があいている。ここは急の訴えなどがあるときのために、常にひらかれているのだ。

丈右衛門はその門をくぐり、奉行所の敷地に足を踏み入れた。

表門は長屋門になっており、そのなかに同心詰所はある。隠居なのであまり入りたくはなかったが、今はそんなことをいっている場合ではなかった。

「おう、御牧さん」

声をかけてきたのは文之介の先輩の石堂《いしどう》だ。丈右衛門が来たことに、目をみはっている。

「文之介はいるかい」

「文之介に会いに見えたんですか。あいつはもう帰りましたよ」

「そうか。ありがとう」

「なにかあったんですか」

「かもしれん」

同心詰所を出た丈右衛門は、奉行所内の敷地にある中間長屋に歩いていった。

突然丈右衛門があらわれたことに、勇七は石堂同様、とても驚いた。

「ご隠居、どうされたんです」

「休んでいるところをすまんな」

「いえ、そんなのはいいんですが」

「ちょっと気になることがあってな」

丈右衛門は、お春が来ないのを話した。

「えっ、お春ちゃん、そういう約束があったんですか。だったらおかしいなあ」

「どうした」

「四半刻ほど前、旦那はお春ちゃんから文をもらっているんです」

「文だと。どんな中身か知っているか」

はい、といって勇七が話す。

「原っぱで逢い引き」

「ええ、行徳河岸近くの原っぱです」

あそこか、と丈右衛門はうなずいた。知っている。若い頃、刀を存分に振りたくなったとき、よく行ったものだ。

「勇七、ありがとう。助かった」

きびすを返すや、丈右衛門は走りだした。

「あっしもお供します」

勇七がうしろに貼りついた。

四

大気はようやく夜らしくなってきつつあるが、行徳河岸のほうから吹きつける風は妙に生ぬるい。

文之介はその風を正面から浴びている。原っぱの草はゆったりと吹かれて、ときおり波打っていた。

文之介は提灯を高く掲げた。そうしたからといって闇に包まれつつある原っぱを見通せるわけではなく、見える範囲には誰もいなかった。

罠ではないか、との思いはやはりぬぐえない。

お春は今日、ご馳走をつくりに来る、といっていたのだ。一度かわした約束を破るような娘ではない。

となると、と文之介は懐に手を触れた。この文は誰が書いたのか。

いや、お春が書いたのはまちがいない。脅されて書かされたのだ。

誰が脅したのか。考えられるのは、俺のことを邪魔と思った者だろう。

誰なのか。

ここ最近、詳しく身辺を調べた男は一人だ。ほとんどなにもつかめなかったが、うるさく嗅ぎまわられた、とあの男が感じても不思議はない。いろいろ探りだされる前に始末をしてしまえ、ということか。

そのためにお春がかどわかされたのか。

文之介は唇を噛んだ。じわっと鉄の味がしてきた。

俺のために、お春に迷惑をかけてしまった。なにかされていないだろうか、と一瞬文之介は思ったが、そんなことは今考えるべきことではない。

肝腎なのは、お春を無事取り戻すことだ。

生きているのだろうか。

生きているさ、と文之介は強く思った。お春が死ぬはずがない。

もし殺していたら、と文之介は思った。三七屋のやつら、皆殺しにして八つ裂きにしてやる。いや、それだけでは飽き足らない。

やつらはどこにいるのか。なにも見えないが、闇の向こうから粘っこい眼差しを送ってきているらしいのが感じられる。

いることはいるのだ。どういう形で襲うつもりでいるのか。

そうか、と文之介は思った。お春は生きている。やつらは俺の腕を知り、そうたやすく倒せる相手ではないのを知ったのだ。

だからお春を人質に取ったのだ。お春を盾にすれば、俺が刀を捨てると踏んで。

文之介は、原っぱのまんなかでかすかな光が動いたのを見た。提灯のようだ。それが円を描いている。

呼んでいる。ああいう呼び方をするということは、やつらは、俺が気づいていることを、すでにさとっているのだ。

文之介は一つ息をついてから、足を踏みだした。

近づいてゆくうち、提灯の向こうに何人か人がいるのが見えた。

文之介は三間ほどまで来て、足をとめた。目を凝らす。

ほっとした。お春がいた。着物は乱れていない。がっちりと縛めをされ、猿ぐつわをされている。お春の背後には男がいて、匕首《あいくち》を白い喉に突きつけている。

「お春、大丈夫か」

文之介は落ち着きを感じた。もっと怒りがたぎるかと思ったが、意外に平静だった。

大丈夫よ、と顎を小さく上下させたお春が文之介に眼差しを向けている。ごめんなさい、といっていた。こんな連中につかまってしまったことを恥じているのだ。

謝る必要などないよ。文之介は心中で語りかけた。俺のほうこそ巻きこんでしまって申しわけなかった。

男は正面に五名だ。お春に匕首を突きつけている者、提灯を持つ者。まんなかに恰幅《かっぷく》のいい男が一人、その男を守るように両側に二人。

まんなかの男は吉兵衛か。全員、覆面をしていた。

「よく来たな」

まんなかの男がいう。かすかに笑いがまじっていた。余裕を感じさせる口調だ。

「おまえ、三七屋吉兵衛か」

男は答えない。

「答えないところを見ると、図星なんだな」

「長脇差《ながわきざし》と十手を捨ててもらおう」

やなこった、と文之介はいいたかった。

「捨てんのなら、娘を殺すまでだ」

吉兵衛と思える男がお春のほうを向く。

匕首を握る男が、かすかに腕を動かした。喉に刃《やいば》が触れたのか、お春がびくりとする。

したがうしかなかった。文之介は懐から十手を取りだし、男の足元に放り投げた。長脇差は腰から鞘ごと引き抜いた。

放ろうとして躊躇する。これを手放してしまっていいのか。

「どうした」

覆面のなかの目が細められる。

文之介は長脇差を男にぶつけるとどうなるか、考えた。男たちは驚き、あわてるかもしれない。

だが、それは一瞬にすぎない。そのあいだにお春は殺されてしまうだろう。

文之介は放り投げた。

お春が大きく瞳を見ひらいている。

「いい子だ」

男がいい、首をかすかにうなずかせた。二人の男が近づいてきた。刀を手にしている。

すでに鞘から抜かれていた。

こんなやつら、丸腰でも倒すことはできる。だがそれをしたら、お春が殺されてしまう。

文之介はごくりと唾《つば》を飲んだ。俺はここで死ぬのか。

死んだら、親父は悲しむだろうな。親より先に逝《い》くってのは、一番の親不孝というし。

二人の男がさらに近づいてきた。

「提灯を消せ」

まんなかの男がいう。

「惚れた男が殺されるのを、見たくはなかろう」

惚れた男だって。こんなときだが驚いて文之介はお春を見た。お春はそんなことを吉兵衛にいったのだろうか。

とにかくこれをきけただけで、文之介は幸せな気分になれた。

提灯が吹き消され、あたりは闇に包まれた。

男たちの影はぼんやりと見える。

二人はさらに近づいてきた。抜き身が夜に鈍く光る。

一人が進み出て、刀を大きく構えた。

なってはいない。今、懐に飛びこめば確実に倒せる。

だがそれはできない。ここは黙って斬《き》られるしかないのか。

男は迷っている。どうやらこれまで人を殺した経験はないようだ。

「どうした」

吉兵衛と思える男から叱咤《しった》の声が飛ぶ。

「しっかりしろ」

男が息を吐き、あらためて刀を構え直す。文之介は眼前の男の目を見た。完全にやる気になっている。

殺されるな。覚悟を決めた。
いや、こんなところで死んでたまるか。刀を奪ってしまえば、こんな連中、どうとでもなる。
黙って殺されるなど、阿呆《あほう》のすることだ。文之介は躍りかかろうとした。
その前に、ひゅん、と風を切る音がした。しまった。文之介は目を閉じかけたが、目
の前の男は刀を振りおろしていない。
うっ。お春に匕首を突きつけている男がうめき声をあげ、腕を押さえた。お春の喉か
ら匕首が離れる。
なにがどうしたのかわからなかったが、文之介は刀を構えている男に体当たりし、地
面に倒れこませた。
むしり取るようにして刀を奪い、お春のもとに駆ける。
お春はいちはやく、匕首の男のそばを離れていた。
匕首の男に刀を振りおろそうとして、文之介は峰を返していないのに気づいた。まず
い。あわてて腕に力をこめた。
男の肩先で刀はとまった。ああ、と男が悲鳴のような声をあげて、どすんと尻餅をつ
いた。腰が抜けたのだ。
文之介は振り向いた。吉兵衛はどこだ。

もう一人の男とともにこの場を逃げだそうとしている。

逃がすか。文之介は走りだそうとした。その前にお春のことが気になった。

少し離れたところにいた。無事だ。人影がお春のそばにいる。男だ。

またつかまっちまったのか。文之介は足をとめた。

「文之介、はやく追えっ」

その声は丈右衛門のものだった。

どうしてここに。文之介がそう思ったのは一瞬にすぎなかった。お春がご馳走をつくりに来なかったのが、父をここまで導いたにちがいない。

「はやく追えっ」

脇差を手にした丈右衛門が再び怒鳴る。はい。文之介は吉兵衛たちに足を向けた。

吉兵衛ともう一人は、十間ほど先を走っている。

文之介は距離をつめようとしたが、二人とも意外に足がはやい。

「旦那、相変わらず足がおそいですねえ」

横からいきなり声がした。

「勇七、おまえも来てたのか」

「当たり前でしょう。いったいいつからのつき合いだと思ってるんです。旦那が危ないのは、あっしにはわかるんですよ」

にやりと笑いかけるや、勇七はあっという間に文之介の前に出た。

勇七と、逃げる二人との距離が急速に縮まってゆく。二人は原っぱをあと少しで出ようとしている。

あの辺は、と文之介は思った。仙太たちが落とし穴を仕掛けたあたりだ。落ちねえかな、と願ったが、さすがにそうはうまくいかなかった。

勇七が立ちどまり、さっと捕縄を投げた。ものの見事に吉兵衛と思える男の足に絡みついた。

倒れこむ。もう一人があわてて戻り、男を助け起こそうとする。

よし、やった。文之介は勇七とともに二人に迫った。

捕縄を足からはずした二人が再び走りだそうとするのを許さず、文之介は刀を振りおろした。それは空を切った。

くそ。暗いせいで間合の勝手がちがう。それにはじめて手にした刀ということもある。

二人は支え合うようにして、走っている。文之介は今度こそ、と刀を落とした。

がつ、という音が響き渡る。

うわ。吉兵衛らしい男が悲鳴を発する。もう一人は匕首を手に突っこんできた。

文之介は匕首をはねあげ、がら空きの胴に刀を打ちこんだ。

どす、と鈍い音がし、男は視野から消えた。

文之介が闇を透かすと、二人の男は地面に横たわっていた。身を海老《えび》のように曲げて、苦しんでいる。

「勇七、ふん縛れ」

「承知しました」

勇七が二人に縄をかけようとする。

そのとき文之介は、まわりに人の気配が満ちているのに気づいた。囲まれている。

「なんだ、まだいやがったのか」

文之介は刀を握り締めた。

「そんなこったろうと思ったぜ。どうも人数が少ねえと感じてたんだ」

すっと刀を構えた。

「勇七、そこで黙って見てろよ。お春を怖い目に遭わせやがって、俺が全員叩きのめしてやる。――さあ、かかってきやがれっ」

影は十名ほどだ。いずれも覆面をし、長脇差を手にしている。むろん刃引《はび》きではない。

右から影が突っこんできた。文之介は体をひらき、刀を腹に叩きこんだ。

どす、という音と同時に男が前のめりになる。同時に背後から敵が突っこんできた。

ほう、おとりか。文之介は、やるじゃねえか、と口中でつぶやいて、刀をぶんと旋回させた。

びしっ。顔をゆがめ、男が腕を押さえる。骨がまちがいなく折れた。長脇差を放り捨て、男はしゃがみこんで痛みに耐えている。

次の男が突進してきた。長脇差が闇に光る。

懐に飛びこもうとするのを許さず、文之介は刀を横に払った。

どす、と手応えがあり、はたきこみを食らったかのように男が地面に倒れた。腹を両手で押さえて苦しげなうめきをあげ、顔で地面を這いずっている。

背後から気配がわきあがり、文之介は振り返ることなく刀を振った。がつ、という音が夜の壁にはね返る。

男が頭を抱えて、崩れ落ちた。側頭にまともに刀が入ったようだ。

前から影が躍りかかってきた。

文之介は長脇差をよけることなく、刀を振るった。文之介の斬撃《ざんげき》のほうが、突きだされた長脇差よりもはるかにはやい。

男は肩口に刀を受け、ものもいわずにひっくり返った。

左から男が走り寄ってきた。横に振られた長脇差をがっちりと受けとめておいてから、文之介は男を押した。

男があっさりとよろけ、隙だらけの体をさらす。

文之介は腹に刀を打ちこんだ。男が両膝《りょうひざ》を地面につき、ゆっくりと横倒しになる。

うしろから足音がし、ひゅんと風を切る音がきこえた。文之介は体をねじって長脇差を避け、低い体勢のまま刀を振りあげた。

刀は男の胸を激しく打ち、両足をはねあげた男は背中から地面に落ちた。頭も強打し、がくりと首を落として気絶した。

残りは何人だ。文之介は数えた。いまだに立っている影は三つ。

文之介一人にやられ続けているのに逃げようとしないのは、感心だ。吉兵衛を取り返そうとする執念だろうか。

文之介は、三人の男に向かって足を踏みだした。気圧《けお》されたように三人が下がる。

一人が我慢がきかなくなったように奇声をあげ、長脇差を振りかざして走り寄ってきた。間合に入るには少しはやかったが、男は長脇差を振りおろしてきた。

文之介は避けるまでもなく相手の懐に飛びこみ、刀を横に払った。刀は腹を打ち、男は駒のように体をまわしたあと、どたりと地面に倒れこんだ。

あと二人。文之介は刀尖を向けた。

一人が右に動き、土を蹴って突っこんできた。

いきなり長脇差を突いてきた。文之介は刀で弾きあげ、男の体勢がわずかに流れたところを見逃さず、斬撃を浴びせた。

男の左肩に刀は入り、骨の折れる鈍い音が耳に届いた。男はその一撃に屈せず、さらに刀を振ってきた。

文之介は余裕を持ってかわし、今度は右腕に刀を叩きこんだ。うぐっとうめき声を漏らした男は刀を取り落とした。右腕がぶらぶらしている。それを見て気力が萎《な》えたか、どすんと尻から座りこんだ。

文之介は刀を構え直した。目の前にいるのは、最後の一人だ。

覆面のなかに見えている二つの目が泳いでいる。逃げだしたい気持ちに駆られているようだ。

文之介に逃がすつもりはなかった。かかってこんのなら、と突進した。

男があわてて下がる。長脇差を振ってきた。剣術をかじったことがあるのか、少しは心得を感じさせた。

だが、文之介がよけるのは造作もなかった。一瞬の動きで男の背後に出て、文之介を見失って狼狽《ろうばい》する男に声をかける。

「こっちだ」

あわてて振り向いた男の顔を、柄《つか》で思いきり殴りつけた。一発では倒れず、文之介は二発、見舞った。

大黒柱を抜かれた家のように、男はぐしゃりと地面に崩れ伏した。うつぶせになって、身動き一つしない。

終わったな。文之介はまわりを見渡した。

動く者は一人としていない。

息が苦しい。さすがにこれだけ動いたのは久しぶりだ。刀が急に重くなった。

勇七が近づいてきた。

「旦那、すごかったですよ」

「尊敬したか」

「あっしは前から尊敬してますよ」

「へっ、相変わらず調子のいい野郎だ」

寄り添うように近づいてきた二つの影があった。

「お春、大丈夫か」

「ええ」

「すまなかったな、俺のせいで」

文之介は、これからは身内や知り合いのことに気をかけつつ仕事に励まなければならないのに気づいた。

「別に文之介さんのせいじゃないわよ」

「でも怖かっただろ」

「ううん、きっと助けに来てくれるってわかってたから」

「でもいやになったろ」

「なにが」

「定町廻りの同心には、こういう危ないことがよくあるんだよ」

「お春、文之介は自分に嫁ぐのがいやになったんじゃないかってきいているのさ」

丈右衛門が笑って説明する。

「誰が嫁ぐのよ。そんな気なんか、はなからないわよ」

そういいながらもお春の瞳は文之介にひたと向けられ、手練の放ち手の鉄砲のようにじっと動かなかった。

五

表門を入って、玄関への石畳の上で丈右衛門は足をとめた。又兵衛が外で待っていたからだ。

「呼びだしてすまなかったな」

「いや、かまわんよ」

「ききたいことがあってな」

又兵衛がいう。

「なんだい」

「先に顔を見てもらおう。といっても、おぬしはもう見ているんだが」

「誰だ」

「昨夜、とらえた男さ」

「三七屋吉兵衛か」

「そうだ」

丈右衛門は又兵衛に先導される形で玄関から上にあがり、穿鑿所の隣の間に入った。

「見てくれ」

又兵衛がささやき、穿鑿所をのぞける小窓を指さした。

丈右衛門は小窓を上に押しあげ、穿鑿所をのぞいた。

吉兵衛が黙然と座っている。

「この男、前に会っておらんか」

又兵衛が小声でいう。

「わしもそう思う」

丈右衛門は、昨夜、文之介がこの男の覆面をはいだとき、前に会っている、と直感したのだ。

せまい穿鑿所に窮屈そうに座っているが、いかにも大物といった感じがある。

「向こうがしの喜太夫ではないかな」

又兵衛がひそめた声できいてきた。

「かもしれんな。三七屋という名だが、喜太夫の喜から取ったのではないか」

どういう意味なのか、又兵衛は顔をうつむけて考えている。

「なるほど、七が三つの㐂か」

「しかし、それだけでは証拠にならんな」

丈右衛門は小窓をもとに戻した。

「そうなんだよな。やつという確証がほしい」

だが、それはむずかしい。誰も喜太夫の顔を見ていないのだ。

「やつはなんといっている」

「なにも。自分は三七屋の吉兵衛である、とだけだ。——丈右衛門、どこかで茶でも飲まんか」

「冷たいやつがいいな」

「わしもそれがいい」

二人は表門を出て、近くの茶店の縁台に腰をおろした。

冷たい茶を飲みつつ、丈右衛門と又兵衛はあれが向こうがしの喜太夫かどうか、どうすれば明かせるかを話し合った。

「吉兵衛が向こうがしの喜太夫であると明かすのには、やはりなにか証拠を握るしかないが、それはかなり難儀するだろうな」

「そうなんだよな。丈右衛門、向こうがしの喜太夫について、思いだすことはないか」

丈右衛門は茶を喫した。

「おかわりをもらっていいか」

「ああ、頼んでくれ」

「代は、おまえさんがもってくれるんだろうな」

「まかせろ。わざわざ足を運んでもらって、けちな真似はせん」

新しい茶がやってきた。丈右衛門は大ぶりの湯飲みにそっと口をつけた。

「ちょうど十年前だったな」

「ああ、おぬしが指揮をとった」

「たまたまさ。おまえさんを呼んだが、あのときは間に合わなかった」

地道な探索が実って向こうがしの喜太夫がよく利用している料亭が判明し、丈右衛門は勇七の父親である中間の勇三《ゆうぞう》とともに、すぐさまその料亭に急行した。これはのちになってわかったのだが、料亭といっても、もともと喜太夫が腕利きの料理人を集めてつくらせたものだった。

捕り手は暗い道に続々と集まったが、指揮をとらなければならない肝腎の又兵衛があられない。それで、自然に丈右衛門がその役を担うことになったのだ。

「あのとき、おまえさん、なにをしていたんだ」

「いってなかったか」

「きいたが、教えてくれなかった」

「そうか」

又兵衛がすまなげな顔をした。

「碁を打っていた」

「本当か」

又兵衛は苦い表情をしている。なにか事情がありそうだ。

「相手は」

「当時のお奉行だ」

十年前の町奉行なら丈右衛門もよく覚えている。わがままな男だった。おととし、この世を去った。丈右衛門も葬儀には出た。

「そうだったのか。では、無理に誘われたのか」

その町奉行は大の囲碁好きだった。

「ああ。わしのもとに喜太夫のことが知らされたのは、もう喜太夫が逃げ去ったあとのことだった」

又兵衛が茶をすする。

「しかしどうしておぬし、あのとき喜太夫を取り逃がした」

「いってなかったか」

「きいたが、自分の責任だの一点張りだった。なにか事情があるのはわかったが、おぬしがいいたくないのなら、とわしもそれ以上はきかなかった」

「そうだったな」

又兵衛がかばってくれたおかげで、丈右衛門が責任を問われることもなかった。

「丈右衛門、料亭を囲んだとき、喜太夫の顔を見ていないといったな」

「そうだ。目にしたのは、障子に映った影だけだ」

料亭の二階。階段から最も離れた部屋だった。

「そのとき、気づいたことは」

うん、と丈右衛門はいった。

「しきりに自分の耳をさわっていたように思える。おそらくあれはそういう癖があるのだろう」

又兵衛が首をひねる。

「吉兵衛はそういう仕草はせんな」

「そうか」

丈右衛門は、穿鑿所に座っていた吉兵衛と料亭で目にした影が同じかどうか、考えてみた。

わからない。料亭の影はもう少し細かったように思えるが、それだって光の加減だったかもしれない。あるいは、歳月が喜太夫の体を変えたのかもしれない。

「なあ、丈右衛門」

又兵衛が呼びかけてきた。

「もういいんじゃないか。話してくれ」

「しくじりのことか」

又兵衛がにっと笑う。

「本当におまえさんのしくじりなのか」

さすがだな、と丈右衛門は思った。しかしやはりいいたくはない。

又兵衛が見つめている。

「吾市ではないのか」

吾市の名が出て、あのときのことを丈右衛門は鮮明に思いだした。

料亭の包囲はじき完成しようとしていた。丈右衛門はあと少し、とはやる気持ちを抑えていた。あと少し待てばいい。

ずっと、向こうがしの喜太夫を追い続けていた。その、ときの長さを思えば、あと少しくらい待てないわけがない。

しかし包囲の輪が完全にととのわないうちに、吾市が飛びだしたのだ。輪のほんのわずかなほころびを衝《つ》かれ、喜太夫に逃げられてしまった。

しかしそのことを口にする気はない。あの世に持ってゆくつもりだ。

「丈右衛門、どうしてもいう気はないようだな。仕方あるまい、もうきかんよ」

又兵衛は苦笑している。

「一つ思いだしたことがある」

丈右衛門はいった。

「なんだ」

「喜太夫はあのとき二階にいたんだ。下に飛びおりたとき、怪我をしたらしい」

「そういえば、そんな報告を読んだ覚えがある。重い傷だったのかな」

「いや、逃げ足に影響はなかったから、たいしたことはなかったんだろう。ただ、竹垣が血で濡れ、地面にも点々と血が続いていた。おそらく、竹垣の竹に手を突き通したんだろうな」

「血は途中で切れていたんだよな」

「そういうことだ。喜太夫はまんまと逃げおおせた」

「丈右衛門」

又兵衛が口調をあらためる。

「おぬしの感触としてはどうなんだ。やつは向こうがしの喜太夫だと思うか」

ちがうような気がする。

「わからん」

「丈右衛門、正直にいってくれたほうがありがたいのだが」

「そうか、それなら正直にいおう」

丈右衛門は自らの考えを告げた。

「やはりそうか。わしも正直にいうが、どうも吉兵衛のやつ、誰かをかばっているのでは、という気がしてならん」

「おまえさんがいうのなら、確かだろう」

「ありがたい言葉だ。となると丈右衛門、向こうがしの喜太夫はいまだにどこかに隠れおおせていることになるのだよな」

「そういうことだろう」

丈右衛門は手をかざし、空を見あげた。突き抜けてゆくような青がどこまでも広がっている。

「吾市はどうしている」

顔を戻して又兵衛にただす。

「牢のなかさ」

又兵衛は苦い顔をしている。

元気にしているのか、とききかけて丈右衛門はとどまった。そんなはずがない。やつのことだ、しおれきっているだろう。

「切腹か」

又兵衛がかすかに顎を引く。

「最悪な」

六

「調子はどうですかい」

正座し、両手を膝の上に置いて勇七がきく。

「いいに決まってんだろう。なにも今日、仕事を休むことなんかなかったんだ」

文之介は強がった。自室の文机の前に座りこんでいる。

「いいじゃないですか。吉兵衛をとらえたんだし、こうして屋敷でゆっくりできるのも、いい骨休みになるじゃありませんか」

「どこも怪我していねえのに、休むってのも妙なものだぜ」

「どこもってことはないでしょう。小さな傷、いくつも負ったんでしょうに」

「どれもかすり傷にもなってねえよ。勇七、心配して、わざわざ様子を見に来なくたってよかったんだよ」

「でもあっしは旦那のこと、いつも心配ですからねえ。放っておけませんよ」

勇七がじっと見つめてきた。

「寝てなくていいんですかい」

「だから、別に静養してるわけじゃねえんだ。本当にたいした傷じゃねえよ。なにしろ、お春にいわれるまで気づかなかったんだから」

「お春ちゃんに気づいてもらって、よかったですねえ」

勇七がにこにこしていう。そのことは、文之介もうれしかった。お春に気づかわれている気がしたものだ。

「そういえば、昔も似たようなこと、ありましたねえ」

「ああ、あったな」

まだ十にもなっていない頃だ。同じ手習所に通い、一緒に遊んでいた友達の何人かがちがう町の子供に囲まれて、さんざんに殴られることが何度か続いた。

なんとかしようと考えた文之介は勇七と打ち合わせ、自身がおとりになることにした。

最初は、勇七がおとりになる、といったのだが、文之介は無理に押しきったのだ。

二日のあいだはなにも起こらなかった。

三日目のことだった。人通りの多い道から、人けのないせまい路地に入ってすぐ、うしろから五名の男の子が追いかけてきて、文之介を取り囲んだ。

男の子は全員、棒きれを持っている。文之介のほうは侍の子といっても、この頃は脇差一本、腰に差しているわけではなかった。

「おまえ、稲垣堂《いながきどう》の手習子《てならいこ》だな」

まんなかに立つ、最も体の大きな男の子がいった。

「ははーん、おまえらか、悪さしてる馬鹿餓鬼は」

文之介は順繰りに男の子たちを見た。

「なるほど、頭の悪そうな顔ばかりだぜ。でも、どうして稲垣堂の手習子を目の敵《かたき》にするんだ」

「理由なんかねえ」

最も大きな男の子がいい放つ。

「そんなわけねえだろう」

文之介は少し考え、思いだした。

「そういやあ、饅頭かっぱらおうとして、お師匠さんに見つかった子供がいたって話をきいたけど、おめえか」

その話を、文之介は饅頭屋からきいたのだ。師匠の稲垣弥左衛門《やざえもん》はそんなことをべらべらと口にするような人ではない。弥左衛門は盗もうとした子供に、二度としてはいかんよ、とやんわりたしなめたそうだ。

「逆うらみか。しかもお師匠さんじゃなくて、手習子に矛先を向けるなんて、男らしくねえな」

この文之介の言葉がきっかけで、やっちまえ、ということになり、文之介は五人を相手に喧嘩することになったのだ。

この路地を選んだのは文之介だった。すぐに勇七が駆けつけ、文之介に棒きれを渡した。

この頃にはすでにそこそこの腕を誇っていたから、文之介としては竹刀がよかったのだが、喧嘩に竹刀を持ちこむのは、剣に対して申しわけない気持ちが幼心にあった。

文之介と勇七は五名の男の子とやり合い、ついに勝った。覚えてろ、とおきまりの言葉をいって男の子たちは逃げていった。

ざまあみろ。文之介と勇七は、遠ざかってゆく背中に浴びせた。

「勇七、怪我はないか」

「ないよ。そっちは」

「俺もない」

そこにあらわれたのがお春だった。

「あれ、お春、どうしてここに」

「勇七さんとこそこそ話をしてたのが、耳に入ったの。まったく喧嘩だなんて、これだから男の子はいやよ」

お春がぷりぷりした口調でいい、文之介を見た。眉を曇らせる。

「怪我、してるじゃないの」

「してねえよ」

「してるわよ」

お春が左のふくらはぎを指さした。えっ、と見ると、少し赤黒くなっており、腫《は》れはじめていた。痛みが急に出てきた。

結局、文之介は勇七におぶってもらい、屋敷に帰る羽目になった。

「あのときはどじ、踏んだなあ。まさかあんなところ打たれてるなんて」

文之介は、子供なのに大人のようにたくましかった勇七の背中を、なつかしく思いだした。

「でもお春ちゃんが見つけてくれたおかげで、あの傷、大事にならなかったんですよね」

「ああ、すぐに寿庵先生にかかったからな」

文之介は玄関のほうに目を向けた。

「父上が帰ってきたみてえだな」

丈右衛門が文之介の部屋にやってきた。

「おう、勇七、来てたのか」

丈右衛門が笑みを見せる。勇七が深く頭を下げた。

「ご隠居、お邪魔しています」

「そんなにかしこまることはねえよ」

丈右衛門があぐらをかき、文之介に目を向けてきた。

「具合はどうだ」

「大丈夫です。勇七にもいいましたが、仕事を休みたくはありませんでした。——父上、いかがでした」

「正直わからなかった」

丈右衛門が首を振る。

「向こうがしの喜太夫のようにも思えたが、そうでもないようにも思える。ちがう気がしたが」

丈右衛門がそういうのなら、ちがうのだろう。吉兵衛は向こうがしの喜太夫ではない。

「父上は十年前、向こうがしの喜太夫の顔、見てはいらっしゃらないのですね」

「ああ」

丈右衛門が問わず語りに十年前の捕物《とりもの》のことを語った。

「なるほど、そういうことでしたか。障子越しに影だけですか」

文之介には、やはり納得できないことが一つある。

「でもどうして、そのようならしからぬしくじりを犯されたのです」

「わしだって、しくじりを犯すことはある」

文之介には、丈右衛門が誰かをかばっているように思えた。

誰なのか。まさか吾市なのでは。あの男なら、はやって間を逸《いっ》する、ということは十分に考えられた。

だが丈右衛門が話そうとしないのなら、きいても仕方のないことだ。

「あの、ご隠居」

勇七が遠慮がちな声をだす。

「今の捕物の話をきいて、引っかかったことがあるんですけど」

「なんだ」

「向こうがしの喜太夫は二階から飛びおりたとき、怪我をしたのですね」

「そうだ」

勇七が文之介に視線を向ける。

「ねえ旦那、そんな傷をどこかで見たことがないですかい。あっしはあるんですよ」

文之介は考えた。確かに勇七のいう通りだ。どこかで見ている。

「あっしは、あの女が髪をかきあげたときに見たんですけど」

「女だと」

そうか、と思いだした。あの女だ。

「そういえば――」

文之介の脳裏には、あの女が赤子の耳たぶをさわっている光景がよみがえった。

これですべてつながった。文之介は勇七の肩を叩いた。

「勇七、でかした」

文之介は事情を丈右衛門に説明してから、勇七をしたがえて屋敷を飛びだした。


「勇七、俺たち、あの女にころっとだまされちまったな」

文之介は走りながらいった。

「そうですね。でも旦那、恥じることはありゃしませんよ。これも経験でしょうから」

「ああ、次に生かせるようにしないとな」

深川六軒堀町に到着した。

町役人を引きつれ、お喜の長屋に向かう。

だが、そこはもぬけの殻だった。

「旦那、お喜が向こうがしの喜太夫、というのはもうまちがいないですね」

「ああ、この逃げっぷりを見ればわかる。いかにも、話にきく喜太夫らしいじゃねえか」

文之介は店から路地に出た。突っ立っている町役人にきく。

「お喜がいつ出ていったか、知っているか」

「いえ。申しわけございません」

文之介は長屋の者にもたずねた。

昨日の夕方には、少なくともいたのがわかった。夜明け近くに赤子の泣き声をきいた者が数名いたので、おそらく今朝の夜明け頃、赤子とともに姿を消したのだろう。

どこに行ったのか。

文之介と勇七は長屋の大家に会って話をきいたが、お喜の行方につながるような手がかりは得られなかった。

「金のところですかね」

勇七がいう。

「三七屋や利根田屋の金蔵に、まだ押収しきれてない金があるじゃないですか。そこに行ったのでは、と思いまして」

考えられなくはない。これまで必死に貯めてきた金だ、執着がないはずがないのだ。

ただ二軒とも、奉行所の者たちがかたく警固をしている。

「そうだな、ちょっと気になるな」

だが二軒とも平静を保っていて、向こうがしの喜太夫があらわれた形跡はなかった。

文之介は三七屋の看板が取り外された跡を眺めた。どこかうつろな感じがする。

「ふむ、今さら金でもねえか。命のほうが大事なのかな」

「とすると、もう風を食らって江戸の外に逃げだしたんですかね」

どうだろうか、と文之介は考えこんだ。

「あの女、赤子と一緒なんだよな。いきなり旅に出るのは無理じゃねえだろうが、どこかで身なりをととのえてから、というのがふつうだろうか……」

「ねえ、旦那」

勇七が、なにかを思いついた顔で呼びかけてきた。

「あの赤子、お喜の実の子ですよね」

「まあ、そうだろうな」

「父親は誰なんです」

「勇七もそいつはきいただろう。一年前だかに死んだといってたな」

「あれって本当なんですかね」

文之介は虚を衝かれた。

「そうか、俺たちに出まかせをきかせたのかもしれねえな」

酔った夫にやられたという、手のひらの傷の話も出まかせなのだ。

「旦那、父親が生きてるってのは十分に考えられますよ」

「となると、喜太夫は父親のところに向かったことになるのか。どこだ。いや、その前に父親は誰なんだ」

文之介は必死に考えた。

ひらめきの矢が頭を通りすぎていった。

「勇七、吉兵衛というのはないか」

「どうでしょう。やつは配下ですよ」

それは勇七のいう通りだ。だが、あの女にほかに心を許せる男がいたのだろうか。

ひたすら裏街道を歩んできた女だ。ふつうの男に心をひらけるはずもない。

「でもずっと一緒にいて、苦楽をともにしてきたんだろう。情が移っても決して不思議はないんじゃねえか」

「なるほど、そうかもしれないですねえ。吉兵衛があの赤子の父親として、喜太夫はこれからどうしますかねえ。吉兵衛は牢屋のなかですよ」

「それだ」

文之介は鋭い声でいった。

「あの女、得意の技をつかって吉兵衛を取り戻しに来るんじゃねえのか」

えっ、と勇七が口をあける。

「まさか、番所の牢を破ろうっていうんですかい」

「今は手の怪我があるから、得意の技とはいえねえんだろうが——」

文之介は確信のある口調で勇七にいった。

「女は好きな男のためなら、なんでもするんじゃねえのか」

七

もっとふてぶてしいのかと思ったが、向こうがしの喜太夫は、女牢のなかでじっとおとなしくしているという。

昨夜、九つをすぎてから喜太夫は南町奉行所にあらわれた。

待ち構えられていたことに気づき、闇のなかに逃げこもうとしたが、文之介たちは二重三重もの網を張っていた。

さすがにすばしっこかった。あちらと思えばまたこちらとばかりに、文之介たちは翻《ほん》弄《ろう》されかけた。

それでも執拗《しつよう》に追いかけ、なんとかお喜の捕縛に成功した。

今朝からはじまった取り調べも、順調に進んでいる。又兵衛の部屋に呼ばれた文之介は、又兵衛から喜太夫の様子を伝えられた。

喜太夫は、調べに当たっている吟味方《ぎんみかた》の与力に、淡々と身上を話しているとのことだ。

どうして盗賊をやめ、金をだまし取るほうに移ったのか。

大事な右手に怪我をして、盗賊としての働きができなくなったから。食べてゆくためには、なにかしなければならない。盗賊をしているとき、すでに配下が何名かおり、その者たちを見捨てるわけにもいかなかった。

どうして鹿戸吾市をだましたのか。

それは、手のひらの傷をつくった原因の男だから。

十年前、鹿戸吾市が手柄に目がくらんで、はやったのはわかっている。おかげで逃げだせた。

すぎた歳月を思い、大金を手にして薬の行商を隠れ蓑に悠々と暮らしを営んでいる今を考えて、喜太夫は永代橋の上から大川をなんとなく眺めていた。赤子は吉兵衛に預けていた。

そこに侍があらわれ、声をかけてきた。どうやら身投げを怖れてのことらしかった。

やさしいじゃないか、と思ったが、見覚えのある男だねえ、と感じた。非番らしく、それらしい格好はしていなかったが、お喜には吾市だ、と次の瞬間ひらめくようにわかったのだ。我知らずまじまじと見つめてしまった。

そのことを吾市は勘ちがいしたのだ。

そのとき、ほとんどいたずら心で、吾市を引っかけてみよう、と思った。こちらのつくり話をすべて信じ、まさか押収した金に手をつけるとは思わなかったが。

大工の雅吉を狙ったのは、賭場に十五両もの大金を持ってきたことがあったからだ。それで、金を持っている者ということで、狙うことになった。

だました者は、たいていそういう者たちだった。賭場で金のある者を見つけるのは、さしたる苦労がいらなかった。

喜太夫が貯めこんでいた金はすべて、だまされた者たちに返された。もっとも、戻されたのは全額とはいかなかった。喜太夫の配下たちは、とうに派手につかってしまっていたからだ。

喜太夫が一の子分である吉兵衛とわりない仲になったのは、ほんの三年ほど前のことだ。

隠れ家で二人きりで飲み、苦労した昔の話を語り合っているとき、そういうことになってしまった。

ずっと配下として見てきたが、そのときには情が移っていた。すでに、吉兵衛なしでは生きられなくなっていた。

信太郎という赤子ができたのも、うれしかった。好きな男の子供を産める。女として生まれてきた意味を、はじめて知った気がしたものだ。

吉兵衛も喜太夫に心底、惚れてくれていた。喜太夫ではなく、お喜としてかわいがってくれた。お喜のためなら死ぬのは厭《いと》わない。常々そういってくれてもいた。

こうしてつかまった以上、二人一緒に死ぬことになりそうだ。それはお喜にとって本望だった。

気がかりは信太郎のことだ。そのことを考えると、牢破りをしたいくらいだった。


「文之介」

正面から又兵衛が見つめてきた。

「喜太夫、いや、お喜から、おぬしに頼みがあるそうだ」

「なんでしょう」

「信太郎のことだ」

「はい」

「お喜は、信太郎のことはきっと御牧という若い同心がなんとかしてくれるでしょう、と申している」

「はあ」

「知らなかったこととは申せ、文之介の想い人を吉兵衛が人質に取ったことは、心から謝りたいと申している」

「はい」

「そういうことなのでな、今おぬしの屋敷に信太郎を預けてある」

「えっ、本当ですか」

なにがそういうことなのか、よくわからなかったが、まさかそんなことになっているとは知らなかった。

「お喜の今生《こんじょう》の頼みでは、きき届けぬわけにはいくまい。今頃、丈右衛門は赤子を相手に楽しんでいるであろうな。いや、苦労してるだろうかの」

又兵衛が丈右衛門に預けたのは、丈右衛門なら行く末をなんとかしてくれるだろう、という期待があるからにちがいない。

「ああ、それからな文之介、これから少々びっくりすることがあるだろうが、平気な顔していろ。わかったな」

又兵衛がなにをいっているか、さっぱりだったが、文之介は、はあ、と曖昧《あいまい》にうなずいておいた。

「おう、文之介」

いつもよりだいぶはやく今日一日の見まわりを終え、文之介は勇七とともに奉行所に帰ってきた。いきなり声をかけられ、目をみはることになった。

「鹿戸さん……」

横で勇七も呆然としている。

「なんだ、その顔は。亡霊でも見てるみてえじゃねえか」

吾市が文之介の肩を、ばしっと叩いた。

「痛えだろ。俺が生きてるなによりの証だ」

「牢を出られたんですね」

文之介はそう口にしながら、又兵衛がいった、びっくりすること、がこのことなのに思い至った。

「当たりめえよ。おれが牢に入ったのは、策のためだ」

「はっ、策ですか」

「文之介、あの女、向こうがしの喜太夫だったらしいな。やはり、俺の思った通りだった、ということだな」

「はあ」

勇七も目を丸くしている。

「俺はな、わざとあの女に引っかかったんだよ。永代橋で声をかけたのも、この女は喜太夫だって、ぴんときたからだ。文之介、俺がそこまで考えていたのには、まったく気づかなかっただろう。涙を流すまでした俺の芝居がうまかったから、そいつは仕方がねえけどな」

あれが芝居だったとはよくいうものだ、と文之介は感心した。

「とにかく文之介、おまえが喜太夫をつかまえたんだってな。おまえにしてはよくやったぜ。お膳立《ぜんだ》てをしてやった甲斐《かい》があったというものだ」

「鹿戸さん、ではお咎《とが》めなしですか」

「当たりめえだろう。もともと咎められるような真似はしてねえんだから」

確かに吾市がお喜に引っかけられなかったら、喜太夫一味の捕縛はあり得なかったが、吾市が押収した金に手をつけたのは紛《まぎ》れもない事実だ。

「はなから喜太夫捕縛が狙いで、俺はだまされたふりをしていたんだよ。いいか、ふりだぜ、ふり。桑木さまもお奉行に、そう報告されたはずだ」

「では、金に手をつけたのは」

「芝居に決まってんじゃねえか」

「大番屋に入ったのも」

「策の一環よ」

文之介はあんぐりと口をあけそうになった。勇七はあきれている。

「どうしてそこまでしたんです」

「相変わらずめぐりの悪い頭してやがんな。喜太夫一味を信用させるために決まってるじゃねえか」

じゃあな、ともう一度、文之介の肩を叩いて吾市が歩きだす。

「旦那ぁ」

表門の陰からあらわれたのは砂吉だ。

「おう、砂吉、元気そうじゃねえか」

砂吉が吾市に駆け寄る。

「よかったですよぉ、旦那」

「おめえ、なに泣いてやがんだ。もともと出られるのは決まってたんだ。泣く必要なんか、ねえんだよ」

「だったら、どうしてあっしに教えといてくれなかったんです」

「そいつか」

吾市が顎に手をやり、のびたひげをなでた。

「俺と桑木さま、二人だけの秘密だったからだ。お奉行にも、お知らせしてなかったくらいだ。いくら砂吉が俺の大事な中間とはいえ、教えることはできなかった。勘弁してくれ」

八

あきれ顔を隠せない勇七とわかれた文之介は、吾市がまったく変わっていなかったことに、なぜか満足した思いを抱いた。

ああいうことはむちゃくちゃだったが、又兵衛としても吾市を無罪放免にするには、ああいう手立てを用いるしかなかったのだろう。

あれだけのことを平然といえる吾市もすごいが、それだけのことをしてのける又兵衛はそれ以上にすごい。やはり、丈右衛門の上役だっただけのことはある。

文之介は思わず鼻歌を歌っていた。いやな先輩で、それはこれからも変わらないのだろうが、また吾市と一緒に仕事ができるのがうれしくてならない。

ずっと頭上に君臨していた夏の太陽は空にいるのにもようやく飽いたようで、西の地平に没しようとしている。残照が、遠く富士山の肌を染めていた。

きれいだなあ、と文之介は思った。いつかあの山にものぼってみたいものだ。

いつまでも眺めていたかったが、踏ん切りをつけるように歩きだした。足取りも軽く、八丁堀の屋敷に帰る。

玄関を入る前に、なにか魚を焼いているにおいがした。お春が来ているようだ。お春に会える。いいことは続くものだ。

玄関にお春の履き物はない。お春は町人だから、玄関から入ることは許されないのだ。つまらない決まりだよな、と文之介は思うが、それでも鼻歌を歌いながら、居間に進んだ。

お春を捜す。台所のようだ。

文之介は顔を見たいのを我慢し、自室に戻った。着替えを手ばやくすませる。

それから台所に顔をだした。

こちらに背中を見せて、なにかを焼いている。鰺だろうか。

「なに、焼いてるんだ」

文之介は声をかけた。

振り向いた顔を見て、えっ、とあっけにとられた。

「おまえさんは……」

「さくらです。こんばんは」

「ああ、こんばんは」

わけがわからない。

「どうしておまえさん、ここにいるんだ」

「夕餉をつくりに来たんですよ」

「そうか……」

文之介はあたりを見まわした。

「父上は」

「お庭だと思います。信太郎ちゃんをあやしています」

「そうか。ありがとう」

文之介は庭に面している座敷に行き、濡縁に出た。

「父上」

子守り歌を歌いながら庭を所在なげにうろついている丈右衛門に、声をかける。

「おう、文之介」

丈右衛門が足音を忍ばせて近寄ってきた。

「何者だ、あの女」

台所のほうに顎をしゃくる。さすがの丈右衛門が言葉をうわずらせている。さくらを持て余しているのだ。

文之介はどういう女なのか説明した。

「ふーん、そういう娘か。紺之助のところに一人で乗りこむなんざ、おもしろい娘だが、どうもわしとは話がかみ合わん」

文之介にも、その気持ちはわからないでもない。

「父上、その子、大丈夫ですか」

信太郎は丈右衛門の背で静かに寝ている。

「桑木さまに頼まれたはいいが、赤子の世話はわしの手に余るぞ」

その声がきこえたのか、信太郎がぱちっと目をあけた。いきなり泣きはじめる。雷鳴が轟《とどろ》いたような激しい泣き方だ。

「こいつはすげえな」

丈右衛門が必死にあやす。しかし信太郎は泣きやまない。

文之介は思いだして信太郎の耳たぶに触れた。だが駄目だった。

「あれ、おっかしいなあ」

やはり母親でないのがわかるのか。

「私に貸してください」

声がした。見ると、さくらがそばに来ていた。

「はい、いい子ね」

腕に抱いたさくらが信太郎の機嫌をなだめる。

しばらくすると、信太郎は泣きやんだ。驚くほどの静寂があたりを包みこむ。

「すさまじいものだな」

丈右衛門が手ぬぐいで汗をふく。

「赤子はこのくらい元気じゃなくちゃいけませんよ」

さくらは腕を静かに揺すっている。信太郎は気持ちよさそうに眠りはじめた。

完全に寝たのを確かめて、さくらが信太郎をおんぶする。

その手際のよさに、文之介は見とれた。

「慣れたものだな」

「ええ、近所の子供を預かって、よくこういうことをしているんです」

さくらが台所のほうに去ってゆく。

文之介と丈右衛門は顔を見合わせた。

「おい文之介、さくらちゃんがここに来た理由、おまえにあるらしいぞ」

「えっ、それがしにですか」

「ああ、そう申していた」

なんだろう、と文之介は考えた。雅吉のことだろうか。

居間に戻る際、屋敷がきれいになっているのに文之介は気づいた。さくらが掃除をしてくれたようだ。

下帯もきれいに洗濯され、たたまれていた。

ここまでしてくれたのか。それにしてもいったいなんなんだろう。

うれしいことはうれしいが、文之介には戸惑いのほうが強い。

「はい、できました」

さくらが箱膳《はこぜん》を居間に持ってきた。丈右衛門、文之介の順に置いてゆく。

ありがとう、と親子は声をそろえた。

主菜は鰺の塩焼きだ。卵焼きにわかめの酢の物、豆腐のあんかけ、茄子の漬物、椎茸の吸い物、という献立だ。

あまりの豪華さに、文之介と丈右衛門はまたも顔を見合わせた。

「さくらちゃん、こいつはすごいな。まるで料亭じゃないか」

丈右衛門が感嘆する。

「はい、包丁は得意です」

きっぱりといった。

「さあ、お召しあがりください」

あっ、と丈右衛門が小さく声をあげた。

「おい、文之介」

「なんです」

「今日は――」

「なにをお話しになっているのですか。さあ、お召しあがりください」

「あ、ああ」

文之介は箸《はし》を取った。

飯はほかほかと湯気をあげている。実際、甘みと粘りがあってうまかった。鯵も卵焼きも酢の物も、すべておいしかった。文之介は舌を巻くしかなかった。

一足先に丈右衛門が食べ終えた。茶をもらい、ひとすすりだけして、湯屋に行ってくる、と逃げていった。

あまり知らない娘と二人でいるのは、さすがに少し窮屈だった。文之介は下を向き、ひたすら食べ続けた。

さくらが背中から信太郎をおろし、腕で抱きはじめた。信太郎は眠ったままだ。

「雅吉はどうしている」

文之介は沈黙に耐えきれず、箸をとめてたずねた。

「おかげさまで元気にしています。博打からは足を洗いました。今は仕事に精だしています。才田屋さんの隠居所も無事にできあがりそうです」

ありがとうございました、と深々と頭を下げる。

「いや、俺はなにもしちゃいないよ」

顔をあげたさくらがまっすぐ見つめてきた。その眼差しの強さに文之介はたじろいだ。さくらの瞳には決意が見て取れた。

「私、文之介さまに惚れましたから」

信太郎を抱いたままいい放つ。

「なに」

文之介は目をみはった。

しばらくのあいだ静寂が居間を包みこんだ。

「こんばんは」

静けさを破ったのは、女の声だった。

声のしたほうを見ると、お春が敷居際に立っていた。庭からあがってきたのだ。

まずい。文之介はかたまった。そうだった。今日はお春がご馳走をつくりに来るといっていた日だ。父はそのことを話そうとしていたのだ。

お春は呆然と立ちすくんでいる。赤子を腕に抱いた娘が文之介の給仕をしているのだから、それも当然だ。

驚きからさめたお春がにらみつけてきた。ご馳走の材料らしい包みを持ってきていたが、畳の上に置き、体をひるがえした。

あっ。文之介は腰をあげ、手をのばすのが精一杯だった。箸が力なく落ち、ころんと畳を転がる。

お春の姿が見えなくなり、どすん、と文之介は尻を落とした。これはまずいぞ。まずすぎる。

さくらは信太郎を見つめ、なにごともなかったようににこやかにほほえんでいる。

さくらの腕のなかで、信太郎はひたすら眠り続けていた。

二〇〇六年六月　徳間文庫

光文社文庫

長編時代小説

お陀《だ》仏《ぶつ》坂《ざか》　父子《おやこ》十手《じって》捕物《とりもの》日記《にっき》

著者　鈴《すず》木《き》英《えい》治《じ》

2021年3月20日　初版1刷発行

発行者　鈴木広和
印刷　堀内印刷
製本　榎本製本

発行所　株式会社　光文社
〒112-8011　東京都文京区音羽1-16-6
電話（03）5395-8149　編集部
8116　書籍販売部
8125　業務部

ISBN978-4-334-79173-5　Printed in Japan

組版　萩原印刷